KB266677

사라지다 살아지다

간호사로

당원병 환아 엄마로

이윤지 지음

간호사로

당뇨병 환아 엄마로

사라지다 살아지다

정미소

　우리 몸에는 약 4g의 포도당이 혈관을 통해 돌아다니고 있습니다. 이 소량의 포도당을 조절하지 못하는 희귀 질환이 당원병입니다. 그리고 저는 이 병을 가진 주원이와 주호의 주치의입니다.

　의료진으로서 진료에 가장 중요한 것은 환자, 보호자, 그리고 의료진 간의 소통이라고 생각합니다. 단순히 아이의 검사 수치만을 보는 것이 아니라, 아이가 어떤 모습으로 살아가고 있는지, 보호자가 어떤 생각과 고민을 안고 있는지를 함께 이해해야 비로소 제대로 된 진료가 가능하다고 믿기 때문입니다. 진료실에서 가능한 한 충분한 시간을 가지고 아이와 보호자를 만나려 노력하지만, 진료 시간 안에는 담기지 않는 수많은 고민과 어려움이 있다는 것을 이 책을 통해 다시 한번 깊이 느끼게 되었습니다. 아이와 부모가 하루하루를 어떻게 버텨내고 선택해 나가는지, 그 과정이 얼마나 치열한지를 이 책은 조용하지만 분명하게 보여줍니다. 또한 이러한 소통은 희귀질환을 보는 의료진에게만 필요한 것이 아니라, 모든 아이를 키우는 부모와 아이 사이에서도 반드시 필요한 것임을 깨닫게 해줍니다. 서로의 마음을 이해하고 존중하는 과정이야말로 아이의 성장에 가장 중요한 기반이기 때문입니다.

당원병이라는 이유로 아이가 아무것도 하지 못하고 아무것도 경험하지 못한 채 자라게 하고 싶지 않습니다. 당원병이 있어도 모든 것을 할 수 있는, 충분히 다양한 경험을 하며 성장할 수 있는 아이로 자라게 하는 것이 저의 목표입니다. 이는 제가 항상, 힘들어하시는 부모님들께 드리는 말이기도 합니다. 희귀질환을 가졌다는 이유만으로 삶의 가능성이 제한되지 않는 사회, 희귀질환 환자도 행복하게 살아갈 수 있는 사회가 진정으로 성숙한 사회가 아닐까 생각합니다. 이 책은 당원병을 가진 아이의 가족뿐 아니라, 아이를 키우는 모든 부모와 의료진에게 깊은 공감과 울림을 주는 소중한 기록입니다. 많은 분들께 자신 있게 추천해 드립니다.

주원아 주호야.

내가 부족하지만, 언제나 최선을 다해 너희가 마음껏 날개를 펼칠 수 있도록 곁에서 함께할게.

— 원주세브란스기독병원 소아청소년과
강윤구 교수

세상은 언제나 예기치 못한 방식으로 우리를 시험에 들게 합니다. 계획하지 않았던 길을 걸어야 할 때, 평범한 일상이 갑자기 무너져 내릴 때, 그 순간을 살아내는 것 자체가 기적처럼 느껴집니다. 우리 가족도 그 길을 걸었습니다. 그 여정은 지금도 계속되고 있으며 아직 끝이 보이지 않습니다. 하지만 걸음을 이어가는 동안 우리는 점점 더 많은 것을 배우고 깨달았습니다.

처음 아이들의 간병을 시작할 때는 그저 이 상황을 어떻게든 견디는 것만이 목표였습니다. 당원병이라는 희귀 질환 진단 직후에는 상황을 인정하는 것부터가 전쟁이었고, 간병 방식이 익숙해질 때쯤에는 사랑하는 사람을 돌보는 일에 몰두하여 내가 무엇을 잃어가는지 모르고 지나갔습니다. 그러나 시간이 흐르며 단지 버티는 것만으로는 충분하지 않다는 것을 깨달았습니다. 진정으로 중요한 것은 그 아픔 속에서도 어떻게 나아갈 수 있을지, 그 길을 걸어가는 동안 무엇을 얻을 수 있을지에 대한 질문이었습니다. 때로는 극복의 힘을, 때로는 용기를, 때로는 삶의 진정한 의미를 깨달으며 그 시간을 지나왔습니다.

이 여정을 거치는 도중 '왜?'라는 질문을 자주 던졌습니다. 왜 우리 가족이 이런 일을 겪어야 하는가? 왜 내가 이런 고통을 견뎌야 하는가? 그러나 그 질문은 점점 무의미해졌습니다. '왜'라는 질문은 결국 이 상황을 받아들이는 자체를 방해하는 질문이었고 그보다 중요한 것은 그 상황 속에서 '어떻게' 살아갈지를 고민하는 것이었습니다. 어차피 겪어야 할 일이라면 그 속에서 나만의 의미를 찾는 것이 낫겠다는 생각이 문득 들었습니다. '왜'라는 질문보다는 '어떻게'라는 질문이 더 중요한 가치라는 것을 깨달은 지점입니다.

　　이 책을 읽는 동안 당신도 언젠가 자신만의 '왜'를 넘어서 '어떻게'를 묻는 여정을 떠나게 되길 바랍니다. 그리고 그 여정이 끝났을 때 조금 더 단단한 자신을 발견할 수 있기를, 그 길에서 만난 사람들과 함께 더 나은 삶을 살아가기를 바랍니다. 이 이야기가 어떤 고통 속에서도 삶을 이어가고자 하는 모든 이들에게 작은 위로와 희망이, 그 길을 함께 걸어가는 이들에게도 힘이 되기를 바랍니다. 이 책은 우리 가족의 이야기이지만 어쩌면 당신의 이야기일지도 모르겠습니다. 함께 걸어가며 결국 우리는 더 강해지고 보다 아름다운 삶을 만들어갈 수 있을 것입니다.

　　모든 사람의 삶에는 각기 다른 시련이 존재합니다. 하지만 그 시련 속에서 중요한 것은 우리가 어떻게 반응하고 성장하는가입니다. 우리 가족은 비록 힘들고 어려운 상황을 지나왔지만, 그 속에서 발견한 것들은 절대 작지 않았습니다. 비극적인 상황을 그대로 두지 않고 그것을 받아들이고 극복하는 과정을 통해 우리는 더 강해졌습니다. 그리고 이제 그 과정을 다른 이들과 나누고 싶습니다.

　제가 얻은 교훈은 하나입니다. '지금, 이 순간을 살아라.' 과거를 돌아보지 말고 미래를 두려워하지 말고 '현재'에 집중하며 살아가라는 것입니다. 지금을 살아내면서 내가 어떻게 사랑하고 어떻게 나아갈지에 대한 선택이 결국 나의 삶을 결정짓는다는 것을 깨달았습니다. 과거로 돌아가서 운명을 바꿀 수는 없지만 지금 여기에서 내가 가진 태도와 그에 따른 선택이 나의 미래를 만들어 갈 것을 믿습니다.

차
례

1
장

한
철
피
고
지
던
봄

떨어지는
꽃잎처럼

늦둥이 외동딸로서 부모님의 사랑을 듬뿍 받으며 자랐다. 아빠는 매년 차를 바꿀 정도로 월급이 많았고 엄마는 전업주부로서 가족의 모든 일정을 직접 관리했다. 우리 가족은 주말마다 전국으로 여행을 다녔다. 피아노, 바이올린, 플롯, 기타도 마음껏 배웠고 미국인과 중국인 교사에게 직접 언어도 배웠다. 대학생 때는 필리핀 WHO 본부와 싱가포르 호스피스 병원을 견학하며 선진 의료를 배우기도 했다. 신혼집 실내장식을 할 때에도 부모님은 큰돈을 턱 보태주셨다. 나는 온실 속에서 고급 영양제를 먹으며 관리받은 여린 꽃이었다. 성인이 되어서도 세상은 원래 그렇게 살기 좋은 곳인 줄 알았다. 하지만 한 철 피고 지는 봄꽃처럼 내가 땅으로 후두둑 떨어지는 데는 오래 걸리지 않았다.

첫 직장은 대학병원 중환자실이었다. A는 심폐소생술을 받으며 중환자실로 이송된 소아 환자였다. 숨을 쉬는 것도, 먹는 것도, 소변을 보는 것도 어느 하나 자연의 흐름에 따르지 못하고 인공적인 기술에 의존하게 되었다. 그렇게 몇 개월이 지났다. 아이의 의식은 돌아올 기미가 보이지 않았고 보호자의 면회 횟수는 점점 줄어들었다. 병원비가 도무지 감당되지 않아 돈을 벌어야 한다고 했다. '아니, 그래도 그렇지. 자식이 이렇게 누워있는데 퇴근길에 잠깐 들르지도 못한단 말이야?' 그때는 미처 몰랐다. 그저 아이 옆에 앉아 눈물을 흘리고 물수건으로 손발을 닦아주는 게 전부가 아니라는 걸. 하루라도 더 아이와 같은 공기를 마시고 싶다면 결국 돈도 중요하다는 걸. 부모는 자신을 탓하며 더 억세지고 독하게 버티고 있다는 걸. 그리고 부모와 아이 모두가 버티는 만큼 병원비도 함께 버텨줘야 한다는 걸. 어느 날부터 치료 장비가 하나씩 줄

어들더니 결국 아이는 작은 상자에 담겨 나갔다.

B 역시 입원 기간이 긴 소아 환자였다. 목에는 호흡을 도와주는 관이, 배에는 식사를 도와주는 관이 연결된 상태였다. 아이의 아빠는 정해진 면회 시간 외에도 자주 면회 벨을 눌렀다. 알고 보니 그는 직장도 포기하고 보호자 대기실에서 쪽잠을 자며 24시간 내내 아이 곁을 지키는 중이었다. 올 때마다 아이의 이름을 다정하게 부르며 손발을 따뜻하게 데웠다. 야간근무 중에 벨이 울렸다. 이번에는 술을 마신 상태였다. 정식 면회 시간도 아니고 심지어 술까지 마신 상태라서 면회는 불가능했다. 책임 간호사는 잠시 갈등하더니 안타까운 마음에 원칙을 어기고 잠깐만 보고 가라고 면회를 허락했다. 그가 아이의 손을 만지작거릴 동안 다른 간호사들은 각자 담당 환자의 머리를 감기고 손발톱을 깎고 있었다. 갑자기 응급 상황을 알리는 알람 소리가 요란하게 울렸다. 소리가 나는 쪽으로 가보니 아빠가 아이의 목에 연결된 관을 직접 빼서 아이의 목에 산소가 들어가지 못하게 막고 있었다. 병원이 발칵 뒤집혔고 아이는 곧바로 응급 처치에 들어갔다. 그는 울부

짖다가 과호흡 상태로 바닥에 쓰러졌다. 그 당시 막내 연차였던 나는 숨을 헐떡이는 그를 응급실로 이송하는 역할을 맡았다. 그는 응급실로 가는 내내 괴로워했다. 온몸을 비틀며 아이의 이름을 부르짖었다. 오랜 간병 기간에 지쳐 세상이 끝나버리길 바라는 마음과 아이를 살리고 싶은 마음 사이에서 괴로워하던 아빠의 심정을 그때는 알 길이 없었다. 의료진의 재빠른 대처에 아이의 호흡은 다시 돌아왔지만 끝내 중환자실에서 걸어서 나가진 못했다.

C는 희귀 질환으로 중환자실에 오게 된 아이였다. 의식이 없었고 간헐적으로 전신 발작을 했다. 심장이 몇 초 멈췄다가 다시 뛰곤 했고 늘 아이의 침상 주변엔 의료진이 분주히 오갔다. 어느 날 의사들이 아이의 처방을 두고 토론을 벌였다. 그 병은 그들조차 처음 치료해보는 질환이었고 약도 처음 사용하는 것이라 했다. 한 병에 채 100mL도 안 되는 약은 병당 400만 원 정도였다. 아이에게는 이 약이 하루에 한 병씩 필요했다. 면회 때마다 허리를 깊이 숙여 감사 인사를 하곤 출근해야 한다며 서둘러 떠나던 엄마의 얼굴이 잊히지 않는다. 내가 며칠간 쉬고 출근했을

때 아이의 침상은 비어 있었다. 무너진 것은 아이의 몸이었을까 아니면 버텨내기엔 너무 무거웠던 현실이었을까. 그 부모의 마음은 지금도 감히 짐작조차 할 수 없다.

그런 시간을 지나며 중환자실 간호사로서의 일에 점차 익숙해졌다. 그러면서 환자의 몸뿐이 아닌 마음까지도 돌보고 싶다는 마음이 생겼고, 나아가 환자뿐 아니라 보호자와 그 가족까지도 함께 보살피고 싶다는 바람이 생겼다. 하지만 그때는 그 마음이 얼마나 얕팍한 것이었는지 잘 몰랐다. 내 아이가 희귀 질환을 앓게 되고, 약물도 수술도 방법이 없다는 이야기를 들었을 때, 또래 아이들과는 다른 삶을 살아야 한다는 사실을 알게 되었을 때, 심지어 아이의 수명이 짧을 수 있다는 말을 들었을 때에서야 깨달았다. 예전의 나는 간호사로서 진심이었다고 믿었지만, 지금 돌아보면 충분히 공감하지 못한 채 말만 앞섰던, 부끄러운 시절이었다.

내 아이, 그것도 두 아이가 모두 희귀 질환을 진단받은 후 나의 온실은 순식간에 산산조각이 났다. 철없고 순수하기만 했던 내 인생 1막은 바람에 흩날리는 꽃잎처럼 돌이킬 수 없이 끝나버렸다.

카르페 디엠

우리는 코로나 시대에 결혼한 부부다. 모든 준비를 마치고 지인들에게 청첩장까지 전한 상태였다. 모두에게 낯선 바이러스가 등장했지만, 당시 국내 확진자는 30명 남짓이었고 해외에서 잠깐 머물다 온 일부 사람들만의 이야기일 거라 가볍게 여겼다. 그러나 얼마 지나지 않아 확진자는 천 명을 넘었고 국가는 사회적 거리두기라는 조치를 시행했다. 결혼, 항공, 관광 등 수많은 업계가 흔들렸고 세상은 조용히 멈추어 섰다. 처음 겪는 일이었기에 누구도 선뜻 대안을 내놓지 못했다. 결혼식을 불과 3주 앞둔 시점, 결혼이라는 기쁨을 아직 맛보기도 전에 꿈꾸던 모든 순간이 한 번에 사라졌다. 행복은 물론 수백만 원도 덤으로 사라졌다.

그 과정을 통해 우리는 한 가지를 얻었다. 바로 '카르페 디엠'. '오늘을 살아라. 지금, 이 순간에 충실하라.'라는 의미의 유명한 말이다. 예전엔 그저 멋진 말일 뿐이라고 생각했다. 미래를 생각하며 현재의 것을 참고 아끼는 것이 더 현명하다고 믿었다. 기쁨도, 시간도, 돈도 미래의 언젠가를 위해 미뤄 두는 것이 옳다고 여겼다. 하지만 코로나는 그날이 오지 않을 수도 있음을 알려줬다. 아무리 애써 준비하고 계획해도 내가 누리려던 날은 내 것이 아닐 수도 있다는 걸 말이다. 카르페 디엠. 이제 이 말은 단순한 문장이 아니라 우리 부부가 살아가는 삶의 방식이 되었다. 그리고 머지않아 이 말은 또 다른 사건과 함께 우리 삶의 중심으로 조용히 다시 찾아오게 되었다.

마음고생에 대한 위로처럼 첫째 아이가 빨리 찾아왔다. 일 년 동안 아이는 잔병치레 없이 건강하게 컸다. 주는 대로 맛있게 잘 먹어서 예쁘다는 말을 많이 들었다. 하지만 잘 먹어도 너무 잘 먹어서 태어날 때부터 뱃구레가 큰 체질이라고 생각했다. 아이의 살은 다 키로 간다는 어른들의 말씀대로 잘 먹는 것도 복이라고 생각하며 이유식을 더 열심히 만들었다. 뱃구레가 큰 아이니까 한 끼 식사를 넉넉하게 먹였다. 그래도 한 시간 정도 지나면 지나치게 배고파하며 간식을 찾았다. 결국 아기의 체중은 또래 평균을 넘어섰다. 급기야 키는 작고 체중은 많이 나가는 불균형한 상태가 됐다. 계속 이대로 먹여도 되는지 걱정되어 근처 소아청소년과 세 군데를 찾았다. '안 먹는 것 보단 잘 먹는 게 낫다, 잘 먹고 잘 싸면 건강한 것이다, 아직 움직임이 적어서 잠시 체중이 많이 나가는 것처럼 보여지지만 돌이 지나고 걷기 시작하면 살이 키로 갈 것이다.' 모든 의사가 같은 답변을 주니 안심됐다. 아기가 배고파하면 한국인은 밥심이라며 더욱 잘 먹이려고 노력했다. 잘 먹어서 기특했지만 힘든 점도 있었다. 밤에 잠들기 전에 분유를 충분히 먹고 재워도 매일 새벽마다 땀을 뻘뻘 흘리며 울부짖으며 잠에서 깨는 것이었다. 어떠한 방법으로도 달래지지 않았다. 분유를 먹어야만 진정이 됐다. 밤중에 분유를 먹이는 것이 여러 가지 이유로 좋지 않다고 하여 끊어보려

했지만, 매번 실패했다. 돌이 지나면 괜찮아질 거라는 근거 없는 막연한 위로를 스스로 건넸다.

예쁜 아이와 함께한 일 년은 눈 깜짝할 사이에 지나갔다. 아이의 첫 번째 생일을 축하하기 위해 많은 이들이 한자리에 모였고, 우리는 그저 기쁨에 젖어 웃고 있었다. 그날이 우리가 살아온 날들 중 근심도 두려움도 잠시 내려놓고 온전히 행복만을 느낄 수 있었던 마지막 순간이 될 줄은, 그땐 정말 상상조차 하지 못했다. 우리는 그저 손바닥이 아플 만큼 환하게 손뼉을 쳤다.

간 수치 1900

돌잔치를 마치고 영유아 검진을 위해 병원에 갔다. 태어나서 지금까지 줄곧 다니던 집 근처 병원이었다. 의사는 생각보다 꼼꼼하게 진료했다. 그리고 내게 물었다.

"더 궁금한 점이 있으신가요?"

"아이의 배가 또래보다 유독 볼록한 것 같은데 배 좀 봐주세요."

금방 좋아질 거라는 답변을 기대하며 가볍게 던진 질문이었다.

"아이가 밥을 잘 먹는 편인데 먹어도 너무 먹어요. 한 그릇을 뚝딱 해치우고도 한 시간 후에 또 배고프다고 보채요. 돌인데도 아직 새벽 수유를 끊지 못하고 매일 새벽 세 시쯤에 분유를 200mL씩 먹고 자요. 그렇다고 몸이 전체적으로 통통한 게 아니라 팔다리는 가늘고 유독 배만 볼록하게 튀어나왔어요. 이렇게 많이 먹어도 괜찮은 건지 배 좀 봐주세요.”

의사는 배에 청진기를 대보기도 하고, 손가락으로 꾹 꾹 눌러보기도 했다.

“특별한 문제는 아닌 것 같아요. 정 궁금하시면 엑스레이가 있는 병원에서 제대로 진료받아보세요. 저희는 기계가 없어서.”

‘역시, 별일 아니구나.’

나중에 큰 병원에 갈 일이 생기면 겸사겸사 확인하면 되겠다고 생각하며 집에 돌아와 아이와 낮잠을 청했다.

잘 자고 있는데 모르는 번호로 전화가 왔다.

“여보세요?”

“안녕하세요. J 소아청소년과입니다. P 아이 보호자님 되시죠?”

“네, 맞아요.”

“원장님께서 보호자님과 통화하길 원하십니다. 바꿔 드릴게요.”

의사가 직접 보호자에게 할 말이 있다니, 본능적으로 온몸에 긴장이 바짝 들어갔다.

“오전에 아이가 다녀간 후 머릿속에서 계속 떠나질 않아요. 배가 너무 볼록한 게 뭔가 찝찝해요. 당장 엑스레이를 찍어보고 싶지만 작은 병원이라 시설을 갖추지 못한 게 아쉽네요. 지금 소견서 써드릴 테니까 큰 병원 가서 엑스레이 꼭 찍으세요.”

요즘 시대에 보기 드문 따뜻한 소아청소년과 의사라는 생각에 안도의 한숨을 내쉬었다.

“아, 네네. 신경 써주셔서 감사합니다. 지금은 금요일 오후니까 큰 병원에 곧바로 예약하기엔 어려울 것 같고요, 다음 주에 가볼게요.”

그다음 이어지는 말은 나를 불안하게 만들었다.

“보호자님, 의사가 지금 바로 찍어보자고 하면 이유가 있는 거예요. 응급실에 가서라도 오늘 꼭 찍어보세요. 지금 소견서 가지러 오시고요. 오시는 동안에 바로 진료가 가능한 곳이 있는지 알아봐 드릴게요.”

떨리는 손으로 소견서를 받아 아이와 함께 가까운 종합 병원으로 갔다. 그곳에서 만난 의사 역시 아이의 배를 요리조리 만지더니 고개를 갸우뚱했다. 검사실을 순회한 후 다시 진료실에 앉았다.

"이런 경우를 처음 봐서요. 딱히 해드릴 말이 없네요. 소견서 써드릴 테니까 더 큰 병원에서 가서 정밀검사를 받아보세요."

불과 몇 시간 전에 형식적이라고 여긴 영유아 검진을 위해 집 근처 병원을 방문했다. 하지만 갑작스럽게 종합병원으로, 그리고 대학병원까지. 이게 반나절 만에 이루어져도 되는 일인지 이해되지 않은 채 택시를 타고 큰 병원으로 옮겨갔다. 며칠 전, 아이가 많은 사람의 박수를 받으며 건강하게 자랐음을 축하하던 돌잔치 장면이 스쳤다. 그날이 아이가 건강을 누리는 마지막 순간이었던 것은 아닐지 불안감이 엄습했다.

세 번째로 옮겨간 대학병원 응급실에서는 몇 가지 검사를 추가로 처방했다. 대기 시간이 두 시간을 넘어 세 시간이 되어도 의사는 우리 자리에 오지 않았다.

'아, 무언가 잘못되어가고 있다.'

"간 쪽이 안 좋은 건 이전 병원에서 설명 들으셨죠? 교수님이 정해지면 설명하겠습니다."

세 시간 째 담당 의사가 정해지지 않았다니. 마치 어려운 환자 담당하기를 서로 미루는 일종의 폭탄 돌리기처럼 느껴졌다. 아이는 울다 지쳐 잠이 들고 남편과 나도 피곤함에 절어있을 때쯤 우리 차례가 왔다.

"저희 병원에서 진행한 혈액 검사 결과도 특이하긴 해요. 간 수치 정상 범위는 0~30인데 아이는 1900으로 나왔어요. 다른 수치들도 정상 범위인 게 거의 없어요. 이런 경우 당원병이라는 질병을 의심하는데 저도 실제로는 처음 봐요."

의사도 모르는 질병이라니. 마지막 정신 줄을 더 세게 붙잡았다.

"유전자 검사를 해야 정확하게 알 수 있어요. 예약 시간 안내해 드릴 테니 꼭 오셔야 합니다. 꼭."

조금 전까지만 해도 너무 피곤해서 한 발자국도 움직이지 못할 것만 같았지만 우리는 이 믿기 힘든 이야기로부터 멀리 도망치기 위해 허겁지겁 빠져나왔다.

집으로 가는 차 안에서 남편과 나는 서로 아무런 말이 없었다. 차 안을 가득 메운 어둠 속에서 서로의 겁먹은 숨소리를 들키지 않으려 애썼다. 집에 도착하니 이미 열두 시가 넘었다. 잠든 아이를 조심스럽게 침대에 눕혔다. 거실에서 마주한 남편과 나 사이에는 무거운 공기만 맴돌았다. 초록 검색창에 '당원병'을 검색했다.

당원병:

당원병은 선천적으로 탄수화물의 저장 형태인 글리코겐을 포도당으로 분해하는 효소에 문제가 있어 스스로 혈당을 조절하지 못해 저혈당이 쉽게 발생하는 유진성 희귀 난치질환이다. 10만 명당 1명꼴로 나타난다. 생후 1년 이내 발병한다. 간이 크고 배가 나온다. 폐, 심장, 근육에도 영향을 준다. 성장 지연과 발달 지연이 생긴다. 심하면 경련이나 의식장애도 온다. 현재까지 치료 약과 수술 방법이 없다. 그저 살아있는 동안에 식이 요법으로 혈당을 관리해야 한다. 저혈당 쇼크를 조심해야 한다.

이어지는 부연 설명은 직접 보고도 믿기 힘들었다.

그리고 보통 4세가 되기 전에 사망한다.

남편과 눈이 마주쳤다. 누가 먼저랄 것 없이 동시에 눈물이 터졌다. 짐승처럼 꺼이꺼이 소리를 질렀다. 미친 사람처럼 기어다녔다. 주먹으로 바닥을 내리쳤다. 머리를 바닥에 연신 박았다. 남편은 손과 발이 안으로 말렸다. 나도 손과 발이 저렸다. 그렇게 둘이 한참을 함께 울다 정신을 차려보니 어느새 아이가 울고 있었다. 새벽 세 시였다. 그날 밤에도 아이는 어김없이 잠에서 깨어 분유 200mL를 단숨에 먹어 치웠다. 매일 새벽 아이의 울음소리는 저혈당 쇼크를 알리는 신호였음을 그제야 알았다. 남편과 나는 잠든 아이를 한참 동안 내려다보았다. '통통한 양 볼, 볼록한 배, 가느다란 팔과 다리. 눈사람 같기도 하고 개구리 같기도 한 모습.' 인터넷에서 봤던 당원병 환아의 특징적인 모습이었다. 우리 아이 위에 그 모습이 겹쳐 보였다.

예상치 못한 비극의 원인이 유전 때문이라는 말을 들었을 때, 설명할 수 없는 죄책감이 밀려왔다. 보인자 유전이라 나와 남편에게는 나타나지 않았지만, 우리의 유전자 중 하필 좋지 않은 부분이 만나 아이에게서 나타난 것이다. 아이에게 물려줄 게 없어도 그렇지, 왜 하필 이런 유전자를 물려주게 된 걸까. 내 몸이, 나라는 존재가 미워졌다.

혹시 지금까지 너무 평탄하게 살아와서, 한꺼번에 큰 시련이 찾아온 걸까. 결혼도 하고 아이도 낳고, 승진까지 바라봤던 게 욕심이었던 걸까. 왜 이런 일이 우리에게 일어난 걸까. 어디서부터 잘못된 걸까.

차라리 나에게 왔다면 덜 아팠을 텐데, 아이가 아프다는 사실이 더 견디기 힘들었다. 질문은 꼬리에 꼬리를 물고 이어졌고, 그날 밤 나는 잠들지 못했다.

의사도 모르는 병

　'아이의 당원병이 의심된다.'라는 말을 처음 들은 것은 금요일 저녁, 대학병원 응급실에서였다. 정확한 진단을 위해 유전자 검사가 필요했지만, 응급실에서는 바로 검사를 할 수 없어 다음 주 월요일 낮에 외래로 다시 방문하라는 안내를 받았다. 병원의 절차라는 것을 머리로는 이해했지만, 마음 한켠에는 답답함이 남았다. 오랫동안 믿어왔던 신에 대한 복잡한 감정도 일렁였다. 무엇보다 아이에게 닥친 현실이 쉽게 받아들여지지 않아 마음이 무거웠다. 누군가에게 하소연하고 싶었지만, 그 대상이 분명치 않아 혼란스러웠다.

월요일 아침, 대학병원 외래에서 담당 의사를 만났다.

"당원병이 의심되긴 하나 아직 확진된 것은 아니어서, 유전자 검사를 진행하고 3주 뒤 결과가 나오면 다시 상담하겠습니다."

담당 의사의 말은 조심스럽고 신중했다. 아직 많은 것이 불확실함을 알리는 말 속에서, 진단 결과를 기다리는 시간의 무게를 새삼 느꼈다.

집에 돌아와서도 아무것도 손에 잡히지 않았다. 지난 주말이 지옥 같았던 것처럼, 검사 결과를 기다리는 3주 또한 견디기 힘들었다. 밤새 잠을 잔 건지 아닌지, 졸린 건지 아닌지, 배가 고픈지조차 헷갈렸다. 내가 지금 울고 있는 건지 아닌지도 분간이 어려웠다. 엄마는 강하다고 하던데, 이 상황 속에서 나는 강한 마음이 생기지 않아 그런 스스로가 야속하게 느껴졌다.

각종 SNS를 샅샅이 뒤져 당원병 환아의 부모가 올린 글을 찾아냈다. 이미 한참 전 게시물이었지만 지푸라기를 잡는 심정으로 메시지를 남겼다. 몇 시간 후에 답장이 왔고 그들 자녀의 주치의를 소개해 줬다. 곧바로 그 의사와 연락을 시도했다. S 병원 희귀 질환 센터와 연결됐고 해당 의사의 진료를 받으려면 열흘이 걸린다고 했다. 그 날짜까지만 잘 버텨보기로 마음을 먹던 찰나였다. 아이의 검사 결과를 전해 들은 의사가 열흘도 길다며 바로 다음 날 우리 아이를 보고 싶다고 했다. 진료 날짜가 당겨진 것에 감사해야 할 일인가, 당겨질 만큼 심각한 상황임을 원망해야 하는가. 판단이 서지 않았다.

S 병원 의사는 지금까지 거쳐온 의사 중 제일 친절했다. 당원병의 정의부터 원인, 증상, 관리 방법까지 두 시간 가까이 설명해 주었다.

일반적으로 식사를 하면 혈당이 올라가고 인슐린이 분비되면서 당원으로 축적된다. 이때 인슐린이 제대로 분비되지 못하는 게 당뇨병이다. 그래서 당뇨병 환자들은 대부분 혈당이 매우 높다. 이때 인슐린 주사를 맞는다.

반대로, 당원병은 당원으로 축적되거나 당원에서 혈

당을 꺼내 쓰는 과정에서 문제가 발생하는 질환이다. 그래서 당류가 있는 음식을 섭취하면 안 된다. 탄수화물에도 당류가 들어있다. 필수 영양소인 탄수화물을 아주 섭취하지 않으면 살아가는 데 문제가 생기니 섭취하더라도 몸에 축적되지 않고 바로 사용할 만큼만 계산해서 조금씩 자주 섭취해야 한다. 그래서 늘 혈당이 낮다. 몸도 저혈당에 적응이 되어 일반인이 증상을 느낄 정도의 저혈당 수치여도 당원병 환자들은 아무 증상도 느끼지 못한다. 그러다가 이어지는 저혈당 쇼크를 조심해야 한다.

몸에서 에너지를 억지로 만들 수는 있는데 그 과정에서 젖산, 요산, 중성지방, 콜레스테롤이 높아지면서 각종 합병증을 유발한다. 발달 지연 및 성장 지연, 신장 투석 또는 이식, 간혹 또는 간암, 심장이 두꺼워지며 돌연사할 수 있다.

인터넷에서 봤던 정보 중 '4세를 넘기지 못한다.'라는 말이 내내 마음에 걸렸다. 예후에 대해 끈질기게 질문했다. 국내 환자 중 약 90퍼센트가 10세 이하이고, 나머지 10퍼센트는 10대, 20대, 30대에 고루 분포되어 있다. 성인 환우가 적은 첫 번째 이유는, 성인이 되기 전에 사망했기 때문이다. 두 번째 이유는, 장기이식을 받았기 때문이다. 보통 간이식을 먼저 떠올리는데 간이식을 한다고 완치되는 건 아니다. 다른 장기에 합병증이 발생할 수 있는데 그럴 때마다 간, 신장, 심장 등 모든 장기를 이식할 수는 없기 때문이다. 또한 한 번 이식에 성공했다고 끝나는 것이 아니라 10여 년마다 재이식하는 예도 있다. 따라서 장기이식은 최악의 상황에만 권한다고 한다.

보인자인 부부 사이에서 태어나는 유전질환이라 예방 방법은 없다. 임신 중에 해볼 만한 검사 방법도 없다. 아이가 태어난 후 본인의 혈액으로 유전자 검사를 해야만 알 수 있기 때문이다.

당원병 안에서도 0형부터 약 15형까지 유형이 무척 많다. 유형마다 섭취할 수 있는 음식의 종류는 조금씩 다르지만, 공통점은 '조리되지 않은 옥수수 전분을 찬물에 타 먹는 것'이다. 옥수수 전분은 복합 탄수화물이다. 체내에서 천천히 분해되는 특징이 있어서 몇 시간 정도는 혈당을 유지할 수 있다.

당원병 환자는 옥수수 전분을 밥보다 더 중요하게 필수로 섭취해야 한다. 하지만 수요가 적어 국내에선 판매되지 않는다. 개인적으로 해외 배송을 이용하여 구매해야 한다. 진료 직후 바로 주문해도 손에 들리기까지 시간이 걸린다며 의사는 자신이 갖고 있던 옥수수 전분 몇 통을 우리에게 건넸다. 태어나 처음 들어보는 치료 방법과 처음 만져보는 옥수수 전분 가루였다. 당황스러웠지만 연신 고개를 숙이며 감사 인사를 표했다.

밥 대신 옥수수 전분을
먹이는 부모

삼시세끼, 간식, 옥수수 전분, 특수 분유와 단백질 파우더까지. 아이의 식이 시간표가 정해졌다. 온종일 한 시간 또는 두 시간 간격으로 섭취하는 것이었다. 음식을 먹일 때마다 아이의 발뒤꿈치를 바늘로 찔러 혈당과 케톤 수치를 확인하고 처방된 양의 식사를 먹이는 방법이었다. 그렇게 하루에 총 열두 번 식사했다.

만 12개월 아이가 처음 처방받은 음식의 양은 한 끼에 쌀밥 5g이었다. 커피 숟가락으로 한 숟가락이다. 이렇게 조금 먹어야 하는 아이인 줄도 모르고 한 끼에 이유식을 200g씩 먹였다. 필요량보다 훨씬 많은 양을 섭취한 셈이다. 급격히 상승한 혈당은 곧 급격히 낮아져 저혈당을 일으키고 있었다. 그 사실을 전혀 모른 채 최악의 패턴을 반복하고 있었다. 이유식을 먹은 지 한 시간이 지나서 혈당이 낮아져 다시 배고파하면 한국인은 밥심이라며 찐 단호박이나 찐 고구마를 으깨 우유에 말아주었다. 분유도 일반 분유가 아니라 당분이 적은 특수 분유를 먹어야 했는데 그걸 몰랐으므로 당류가 가득한 분유를 하루에 1000mL 넘게 먹이고 있었다. 먹으면 안 되는 것들만 모조리 먹였다. 그렇게 일 년 동안 먹은 것들이 간에 쌓여서 정상 크기의 두 배만큼 커지고, 간 수치는 1900까지 높아진 것이었다. 아이의 질병이 내 탓인 것만 같아, 참기 어려운 마음이 나 자신을 향했다.

내가 이때까지 해본 요리라고는 미역국이 전부였다. 하지만 이제부터는 시중에 파는 음식을 아이에게 먹일 수 없으니 직접 요리해야 했다. 식품영양학과를 졸업한 지인의 책을 빌려보기도 했다. 애석하게도 필요한 정보는 채 한 페이지도 되지 않았다. 게다가 이론적인 성분 이야기만 있을 뿐 실질적인 요리법은 없었다. 책, 유튜브, 인터넷 등을 모조리 뒤졌다. 음식 재료부터 문제였다. 탄수화물과 당질 함량이 높은 고구마, 감자, 단호박, 당근, 양파 등은 제외했다. 아직 아이가 어려 씹을 수 없는 질기고 딱딱한 재료도 제외했다. 처음에는 마트에 가도 살 수 있는 재료가 별로 없어서 난감했다.

시간이 지날수록 요령이 생겼다. 단백질 함량이 높은 달걀, 두부, 생선과 잎채소 위주의 식단을 마련했다. 허용된 탄수화물 용량이 적어 다 먹고도 아직 배고프다고 보챌 때는 단백질로 포만감을 채워줬다. 반대로 잦은 식사를 하다 보니 먹기 싫어할 때도 있었다. 하는 수 없이 거실에서 노는 아이를 졸졸 따라다니며 한 입씩 먹였다. 일부러 TV를 켜고 동영상에 몰두해 있는 사이 입에 몰래 넣기도 했다. 그동안 육아서에서 봤던 올바른 식습관은 절대 지킬 수 없었다. 낮에는 그런 식사 시간이 두 시간마다 반복됐다.

조금씩 자주 먹는 것이 좋지만 아이가 잠든 새벽에는

식사할 수가 없다. 이때는 옥수수 전분을 찬물에 녹여 액체 형체로 아이에게 먹인다. 자다가 알람이 울리면 저울 위에 젖병을 올리고 정해진 양의 특수 분유와 옥수수 전분 가루를 담아 찬물에 녹인다. 아이를 흔들어 깨운 뒤 발뒤꿈치를 바늘로 찔러 혈당과 케톤 수치를 확인하고 옥수수 전분물을 입에 물린다.

아이는 잘 자고 있는데 깨운다고 울고, 바늘로 발뒤꿈치를 찌른다고 울고, 억지로 입안에 옥수수 전분물을 넣는다고 울었다. 혓바닥으로 젖꼭지를 밀어내면 새하얀 옥수수 전분물이 턱을 타고 흘러내렸다. 정해진 시간에 정해진 용량을 먹지 않으면 저혈당에 빠지므로 어떻게든 먹여야 했다.

아침이 되면 아이의 옷과 베개에는 새하얀 옥수수 전분물 자국이, 이불에는 발뒤꿈치에서 묻어나온 새빨간 피가 묻어 있었다. 그 자국들은 지난밤의 실랑이를 증명했다. 두 시간 후 울리는 알람 소리에 일어나 같은 상황을 반복했다. 하루도 쉬지 않고 반복해야 했다. 낮에는 밥을 조금밖에 먹지 못해 배고파서 우는 아이를 달래느라 힘들었고 밤에는 두 시간마다 일어나 옥수수 전분물을 먹여야 하는 것이 피곤했다.

그렇게 3주가 지나고 아이는 당원병 확진을 받았다. 동시에 우리 부부는 만성 수면 부족의 길로 들어섰다. 아니, 아이가 태어난 후부터 계속 새벽 저혈당으로 분유를 찾았으니 이미 만성 수면 부족의 경력자였다. 수면 부족이 지속되면 위험할 것이란 걱정은 됐지만, 새벽에도 아이의 상태를 수시로 확인해야 하니 별다른 방법이 없었다. 그렇게 몇 개월이 흘렀다. 결국 두 번의 대상포진이 몸의 한계를 알렸다.

그렇게 하루하루를 간신히 버티던 어느 날 결국 올 것이 왔다. 조금 전 출근한다며 집에서 나간 남편에게 전화가 걸려 왔다. 목소리가 평소와 달랐다. 쏟아지는 졸음을 참지 못해 운전 중 사고가 났다는 것이었다. 다행히 크게 다친 사람은 없었고 차량도 크게 파손되지는 않았다고 했다. 하지만 그 순간 마음 한구석이 서늘해졌다. 단순한

접촉 사고로 끝난 것을 다행으로 여겨야 했지만 이미 한계
는 오래전에 넘어서 있었다는 것을 이제야 삶이 뚜렷하게
보여주고 있었다.

사랑하는 만큼
멀어지던 밤

"어머나, 지금이 몇 시야!"

어느 날은 알람 소리가 아니라 아이의 울음소리에 놀라 눈을 떴다. 피로가 쌓인 탓에 남편과 나, 둘 다 알람 소리를 듣지 못한 것이다. 시계를 보니 이미 식이 시간이 훌쩍 지나있었다. 깜짝 놀라 심장이 곤두박질쳤다. 급한 마음에 옥수수 전분물을 먼저 먹이고, 곧바로 아이의 발뒤꿈치를 바늘로 찔러 혈당을 확인했다. 수치는 43mg/dL. 저혈당이었다. 울다 지친 아이의 눈가에는 마른 눈물 자국이 남아있었다. 그 위로 나의 눈물 자국이 조용히 겹쳤다.

이후로 알람 소리에 더욱 민감해졌다. 다음 식이까지 시간이 얼마 안 남았을 땐 짧은 쪽잠 대신 빈방에 가서 잠을 쫓기로 했다. 혹시라도 남편과 아이가 깰까 봐 살금살금 안방을 빠져나와 작은방으로 향했다. 방 한가운데에 서서 괜히 기지개를 켜고 가볍게 몸을 풀었다. 하지만 이런 생활은 우리 부부 모두의 건강을 점점 무너뜨렸다.

출근을 앞둔 남편에게는 밤에만이라도 푹 자라고 작은방을 내어주었고 새벽 간병은 온전히 내가 담당했다. 우리는 2교대 근무를 도는 직원들처럼 아침저녁으로 눈인사만 나누고 각자의 방으로 들어갔다. 아마 그 무렵부터 남편과 점점 멀어지기 시작한 것 같다. 함께 잘 이겨내자며 선택한 길이었는데 우리는 셋이 똘똘 뭉치기는커녕 오히려 몸과 마음이 조금씩 멀어졌다. 그때는 이런 상황이 안타깝다는 생각조차 감정 낭비처럼 느껴졌다. 간병은 한시라도 멈출 수 없었고 쉴 틈 없이 시간은 흘렀다. 공허함과 외로움이 천천히 집 안에 채워졌다. 하루하루를 버티며 살아냈지만, 마음속은 점점 텅 비어갔다.

그 무렵 중환자실 간호사로 일하던 시절이 자주 떠올랐다. 그곳에서 만났던 환아의 부모들이 하나둘 생각났다. 남편을 볼 때면 일 때문에 면회를 자주 오지 못하던 보호자의 모습이 떠올랐고, 나를 볼 때면 아이 곁을 지키며 24시간 보호자 대기실에 상주하던 보호자가 겹쳐 보였다. 그들도 나처럼 이런 감정을 겪었을까. 서운하거나, 외롭거나, 자신만 이겨내고 있다고 느꼈을까. 이제야 그들에게 묻고 싶다. 사랑을 표현하는 방법이 다를 뿐 그들도, 나도 아이를 위해 마음이 부서지도록 최선을 다하고 있었다는 것을 직접 겪고 나서야 비로소 깨달을 수 있었다.

아무리 발버둥쳐도 오히려 더 깊이 가라앉는 순간이 있다는 것을 알게 됐다. 그때의 나는 물속에서 서로를 향해 손만 뻗는 기분으로 하루하루를 버티고 있었다.

신은 어디에 계실까

아이와 함께 다니던 교회에 여름성경학교가 열린 날, 나는 지친 몸을 이끌고 교회로 향했다. 그날도 역시나 잠이 부족해서 피곤한 상태였고 아이는 두 시간마다 식사해야 해서 짐가방은 예상보다 훨씬 무거웠다. 그런 가방을 들고 걷자니 마음도 점점 무거워졌다. 비록 한동안 신을 원망하고 의심했던 나지만 그날은 위로받고 싶은 작은 갈망이 있었나 보다.

교인들은 아무것도 모르고 웃으며 말을 걸었다. "어머, 배가 빵빵하네~ 방금 밥을 많이 먹고 왔구나? 엄마가

요즘 요리에 신경을 쓰더니, 맛있는 거 많이 해 주시는구나~” 그들의 말은 친절해 보였지만 내게는 그저 공허하게 울리는 소리일 뿐이었다. 내 아이의 배가 빵빵한 이유는 전혀 다르기 때문이다. 그들의 말을 들으면서 나는 그저 고개를 끄덕였고 뒤돌아서서 눈물을 삼켰다. 그들은 우리 상황을 전혀 알지 못한 채 그저 아무 생각 없이 한 말일 뿐이니 사람을 원망할 생각은 없었다. 하지만 마음 한구석에서는 말할 수 없는 외로움과 서글픔이 밀려왔다.

온종일 교회에 있으면서 많은 아이 속에서 내 아이의 배만 눈에 띄었다. 몇 시간 후 간식 시간이 되었다. 하지만 내 아이가 먹을 수 있는 간식은 없었다. 아이가 받아온 과자와 주스에는 당류가 가득해서 내 아이의 몸엔 맞지 않았다. 나는 아이를 위해 따로 챙겨온 간식을 꺼내려고 가방을 찾았다.

그 순간, 문득 손이 멈췄다. 아이의 눈이 내 손을 따라 가방을 바라보고 있었다. 작은 눈망울은 ‘나도 다른 친구들처럼 간식을 먹을 수 있겠지?’라는 기대감으로 반짝이고 있었다. 하지만 나는 그 눈빛 속에 담긴 순수한 믿음을 외면할 수 없었다. 아이의 기대를 채워주기엔 내가 해줄 수 있는 것이 너무 적고, 제한된 현실이 너무 뚜렷하게 다가왔다. 그 순간, 가슴 깊은 곳에서부터 무언가 무너져 내렸다. 결국 졸리지 않은 아이를 피곤해 보인다는 핑계로 안아 들고 교회를 빠져나왔다.

이런 날들이 반복되면서 나는 점점 더 교회에 가는 것을 꺼리게 되었다. 교회는 나에게 위로가 아니라 상처를 주는 곳이 되어 버렸다. 신을 찾기 위해 교회로 갔던 것인데 그곳에는 내가 찾고 있는 신이 보이지 않았다. 오히려 마음속에 깊은 멍만 남은 채 돌아왔다.

신이 어딘가에 계실 거라 믿고 싶다. 다만, 그분의 침묵이 너무 길게 느껴진다. 오늘도 아이와 함께 하루를 버티며 살아내는 동안 나는 문득문득 하늘을 바라본다. 이 길이 옳은지, 내가 잘하고 있는 건지 묻고 싶어서. 하지만 대답은 들리지 않는다. 그저 조용한 바람과 아이의 숨결만이 나를 감싼다. 그러면 또다시 생각하게 된다. 지금 이 순간, 신은 어디에서 우리를 바라보고 계신 걸까. 언젠가 이 침묵 너머에서 조용히 다가와 "괜찮다"고 말해줄 날이 오기는 할까. 나는 그날을 기다리며 오늘도 조용히 아이의 손을 잡는다.

아물지 않은 상처 위에
또다시

한동안 우리 가족의 동선은 집과 병원이 전부였다. 어두운 안방과 두 달마다 이루어지는 정기 검진, 그 외의 세상은 존재하지 않았다. 아이는 또래와 먹는 음식이나 시간대가 다르니 친구들과 놀게 하기 힘들었다. 나 역시 아이를 두 시간마다 챙겨야 하니 지인들을 만날 수 없었다. 한때 소중했던 관계들이 조용히 멀어졌다. 일부러 연락을 차단한 게 아니지만, 어느 순간부터 서로의 삶에 닿지 않는 거리가 되었다. 피곤한 여자로 보이고 싶지 않아서 나도 애써 노력하지 않았다. 그렇게 조금씩 조용히 자연스럽게 세상과 단절됐다.

이 시기 나의 목표는 '옥수수 전분물 원샷 시키기'였다. 누군가에게는 가벼운 농담처럼 들릴 수 있겠지만 내게는 그날 하루가 잘 굴러갈 수 있는지를 가늠하는 중요한 지표였다. 아이가 어느 정도 크면 다시 사회에 나가서 멋진 직업여성으로 살고 싶었는데, 어느새 '나'는 전부 지워지고 고작 '옥수수 전분물 원샷'이 내 인생의 목표가 되었다.

그렇게 일 년이 지났다. 그 사이에 아이의 키와 체중이 증가했다. 간 수치도 네 자릿수에서 세 자릿수로 좋아졌다. 그 덕분에 한 번에 먹을 수 있는 용량이 늘어났고 혈당이 버틸 수 있는 시간도 한두 시간에서, 두세 시간으로 늘어났다. 줄어든 알람 개수만큼 나의 불평도 줄었다. 낯설기만 했던 하루가 익숙해졌고 요령도 생겼다. 아이와 손발도 맞아갔다.

그쯤 두 살 터울로 둘째가 태어났다. 임신기간 내내 불안했다. 두 아이가 '같은 운명'이라면 엄마로서 식단 관리가 익숙할 테고 아이들은 또래와 다른 성장 과정에서 서로에게 의지가 될 것이다. '다른 운명'이라면 두 아이는 식사 등 가정에서 이루어지는 기본적인 것부터 많은 차이가 날 것이다. 나의 시선은 첫째에게 머물지, 첫째에게 신경을 쓰느라 가려진 둘째에게 더 머물지 알 수 없었다. 그렇다면 둘째가 같은 운명이길 바라야 하는 걸까, 다른 운명이길 바라야 하는 걸까? 정답이 없는 괴롭기만 한 고민이었다. 열 달 내내 둘째의 운명이 궁금했지만 임신 중에는 할 수 있는 검사가 없었다. 신생아 딱지를 떼자마자 첫째와 같은 유전자 검사를 시행했다.

결과는 마음을 아프게 했다. 두 아이가 같은 진단을 받았다는 사실을, 불행이라 해야 할지, 오히려 함께여서 다행이라 해야 할지 쉽게 말할 수 없었다. 조금씩 안정을 찾아가던 감정은 다시 출발점으로 되돌아갔다. 이제는 처음부터 다시 시작해야 한다. 이번에는, 아이가 둘이다.

처음 만난 동반자

첫 임신, 첫 출산, 첫 아이. 우리는 모든 처음에 특별한 의미를 부여한다. 가능하다면 첫째 아이를 서너 살까지는 기관에 보내지 않고 직접 돌보고 싶었다. 하지만 20개월쯤 입학해야 했다. 둘째 아이 임신 7개월이었기 때문이다. 출산까지 남은 3개월 정도라면 아이는 새로운 환경에 적응을 마칠 테고 나 역시 집에서 신생아를 돌보기에 조금이나마 수월할 것으로 생각했다.

인터넷을 검색해 보니 엄마들 사이에 공유되는 '어린이집 선택 기준'이 있었다. 거기에는 교사의 근속연수, 실내 규모 및 시설, 외부 활동 장소 유무, 특별활동 과목 및 추가 비용, CCTV 위치 등 다양한 항목이 포함됐다. 하지만 우리에게 그 조건들은 그다지 중요하지 않았다. 오직 '식이요법이 가능한가?'만이 기준이었다. 부모는 아무리 힘들어도 두 시간마다 음식을 제공할 수 있다. 하지만 단체 생활에 속하면 우리 아이만 특별히 더 챙겨달라고 부탁해야 한다. 이 부탁을 수용할 만한 기관이 있을지, 있다고 해도 집에서 하는 것처럼 섬세하게 해 줄 수 있을지, 특이 요구 사항이 지속되면 선생님이 지치진 않을지, 혹여나 선생님의 힘듦이 우리 아이에게 옮겨가진 않을지 등의 걱정이 많았다.

선생님의 실수로 정해진 용량보다 많은 탄수화물이나 당류를 먹어도 당장 큰일은 발생하지 않는다. 알레르기가 아니니 겉으로 드러나는 두드러기나 호흡곤란 등의 증상은 전혀 없다. 대신 급격히 상승한 혈당이 급격히 하강하며 한두 시간 후 저혈당이 발생한다. 반대로 정해진 식사 시간에 정해진 용량을 다 먹지 못했을 때도 저혈당이 발생한다. 저혈당은 식은땀, 쳐짐 등 겉으로 증상이 드러난다. 심하면 저혈당 쇼크와 의식 저하까지 발생할 수 있다. 이런 시한폭탄 같은 아이를 받아줄 어린이집이 있을까?

최악의 상황을 고려하여 위급상황 발생 시 둘째를 데리고 첫째를 데리러 갈 수 있는 거리의 어린이집을 검색했다. 다행히 도보 5분 이내에 두 곳이 있었다.

A 어린이집 원장님은 내 설명을 이해한 건지, 못한 건지 무미건조한 투로 "네, 네. 그렇게 할게요."라고 했다. 믿음이 서지 않았다. 두 번째 방문할 어린이집에서도 비슷한 찜찜함이 느껴지면 기약 없는 가정 보육의 운명을 받아들이자고 마음먹었다.

B 어린이집 원장님은 나의 이야기를 모두 종이에 받아 적었다. 식이요법이 필요한 아이를 꽤 여러 명 경험해봤다고 했다. 최근에도 여러 종류의 음식에 알레르기가 있어 식단 조절이 매우 까다로웠던 아이가 있었는데 만 2년 동안 다니다가 건강하게 졸업했다고 말했다. 상담과 동시에 입학을 확정했다. 엄마, 아빠, 주치의를 제외하고 처음으로 우리의 상황을 나누고 공감할 만한 사람이 생겼다는 생각에 돌아오는 발걸음이 가벼웠다.

두 돌이 채 되지 않은 아이의 식이 시간표는 이러하다.

09:30　등원

10:00　오전 간식 (매일 죽. 친구들의 절반만 제공해 주세요.)

11:00　옥수수 전분물

12:00　점심 식사 (쌀밥은 저울에 재서 정해진 용량만큼만 제공해
　　　주세요. 탄수화물 성분의 반찬은 제외해 주세요. 대신 집
　　　에서 따로 챙겨 보내는 단백질 위주의 반찬으로 대체해 주
　　　세요.)

14:00　옥수수 전분물

15:30　오후 간식 (매일 다름. 집에서 따로 챙겨 보내는 대체식품
　　　으로 먹여주세요.)

17:00　옥수수 전분물

** 당류가 많은 음료, 주스, 요구르트, 과자, 소스, 시럽, 잼, 꿀, 사탕,
초콜릿 등은 먹지 않도록 도와주세요.

알림장 표지에 식이 시간표를 적어 코팅해서 붙였다. 식사에 필요한 저울도 보냈다. 첫인상대로 원장님은 우리 아이를 잘 챙겨주셨다. 20여 년간 이 일에 종사하며 당원병 환아는 처음 본다며 꼼꼼하게 돌봐주셨다. 매일 점심 시간마다 식판 사진을 찍어서 내게 보내주시며 먹을 수 있는 반찬들인지 확인해 주었다. 식사가 끝나면 남긴 양의

사진도 보내주시며 이 정도 먹었으면 혈당이 괜찮을지 물어보셨다. 일 년 가까이 남편과 단둘이 하던 일인데 드디어 동반자가 생겼다. 그것도 아주 든든한! 무엇보다 두 달 간격으로 이루어지는 정기 검진에서 알 수 있었다. 간 수치는 좋아지지도 나빠지지도 않았지만 유지되는 걸 보아 낮과 밤 모두 관리가 잘 되고 있다는 의미로 받아들여졌다. 그렇게 나는 비교적 안정적인 상황에서 둘째를 낳을 수 있었고 진정한 네 식구의 삶이 시작됐다.

두 아이는 같은 질병이었지만 예상과 다르게 식이요법은 전혀 수월해지지 않았다. 키와 몸무게, 혈액 수치가 모두 달라 옥수수 전분물이 각자 몸에서 버텨주는 시간도 다르기 때문이다. 새벽 알람 개수는 두 배 늘었지만 피곤함은 수십, 수백 배가 된 느낌이었다. 틈틈이 눈을 붙이지 않으면 버틸 수가 없었다. 둘째를 겨우 재우고 잠시 새우잠을 청하려는데 어린이집에서 전화가 왔다. 첫째 아이가 낮에 먹어야 할 옥수수 전분물 먹기를 거부한다는 거였다. 즉시 달려갔다. 둘째를 아기띠로 안고, 첫째를 유모차에 태운 채 집으로 돌아오는데 왈칵 눈물이 쏟아졌다. 우리 아이들은 기관 생활을 못 하는 운명인 걸까? 선생님 한 명이 담당하는 인원이 적은 시골 학교에 다녀야 할까? 내가 꿈꾸던 직업여성의 모습은 영영 포기해야 하는 걸까? 그저 환아의 엄마로서만 남은 삶을 살아야 하는 걸까?

학부모 초청 수업이 있던 날이다. 오전에 잠깐, 한두 시간 정도 이루어지는 일정이었다. 넓은 공간에 모든 인원이 동그랗게 둘러앉았고 첫째 아이는 나와 마주 보는 위치에 있었다. 아이는 선생님에게 집중하지 못하고 어깨를 축 늘어뜨린 채 바닥만 보고 있었다. 아이의 어린이집 생활을 직접 본 적이 없으니 어리둥절했다. '평소 수업 시간에 집중을 잘 못 하는 편인가? 아니면 오늘따라 낯선 어른들이 많이 와서 주눅 들었나?' 이런저런 생각을 하는 중에 아이와 눈이 마주쳤다. 아뿔싸. 아이 눈은 풀려있고 앞머리는 땀에 축축하게 젖어있었다. 아이는 눈이 마주치자마자 곧바로 울면서 내게 달려왔다. "엄마 배고파요. 주먹밥 주세요." 비상이다. '주먹밥'이란 우리 가족의 은어다. 조금씩 자주 먹어야 하는 식이요법 때문에 외출할 때 늘 보온도시락통에 주먹밥을 넣어서 비상용으로 가지고 다

닌다. 두 시간마다 매번 식당에서 밥을 사 먹을 수 없기 때문이다. 두 시간마다 식사하니 그사이에는 굳이 배고프다고 말하지 않는 편이다. 하지만 눈이 풀리고, 땀을 축축하게 흘리며, 기운이 없고, 배가 고프다니. 이건 틀림없는 저혈당 증상이다. 어린이집에 남아있던 주스를 급히 먹였다. 당류가 많아 설탕물과 다름없는 시판 주스는 혈당 조절과 간 수치에 최악이다. 하지만 저혈당 쇼크를 막기 위해 비상시에는 어쩔 수 없다. 먹으면 안 되는 음식을 내 손으로 직접 아이에게 먹여야 하는 상황에 마음이 아팠다. 나중에 알고 보니 담임 선생님이 오전 행사에 집중하느라 우리 아이의 식이 시간을 놓친 거였다.

마음속에서 조용한 원망과 질문이 이어졌다. 아이를 계속 기관에 보내도 괜찮을까. 내가 엄마로서 자격이 부족한 건 아닌가. 그렇게 스며든 자책은 어느새 나를 향한 비난이 되었다. 화가 났다. 하지만 이 모든 감정이 나에게만 향하는 것이 조금은 억울하고 서운했다. 그 순간 어디에 계신지 알 수 없는 신을 다시 떠올렸다. '신은 어디에 있는 걸까.' 설명하기 어려운 감정이 천천히 번져갔다.

학부모를 초청하여 야외 활동을 하는 날에도 비슷한 일이 있었다. 한바탕 체육활동이 끝나고 간식시간이 되었다. 우리 아이들은 시판 간식을 먹으면 안 되므로 먹을 수 있는 제품을 가방에 따로 챙겨갔고, 그것을 꺼내는 중이었다. 그 찰나에 선생님은 모든 아이에게 시판 주스를 제공하고 있었다. 심지어 우리 아이가 맛있게 쭉쭉 마시는 게 아닌가. 남편은 자기도 모르게 "어? 이거 마시면 안 되는데?"라고 말했다. 말소리가 들렸는지 담임 선생님과 원장님이 깜짝 놀라며 우리 쪽으로 오셨다. 담임 선생님은 "이거 먹으면 안 되는 거였나요? 아이가 이 주스 좋아하는데…."라며 말끝을 흐렸다. 원장님은 그 옆에서 "이거 초록마을 제품이에요. 초록마을은 친환경 기업이고, 이 주스는 유기농이라고 쓰여 있는데요. 먹어도 되지 않나요?"라고 말을 보탰다.

아, 너무 속상했다. 친환경이니 유기농이니 하는 건 중요하지 않다. 제품 뒷면에 표기된 원재료명과 영양 성분표를 보면 당류가 잔뜩 들어있다는 걸 분명히 알 수 있다. 부모가 아니고서야 이런 세세한 것까지 알지 못하며, 알고 있다 해도 많은 아이를 돌보는 중에 놓칠 수도 있다는 것을 이해한다.

우리 아이가 이 주스를 좋아한다고? 그 말은 지금 처음 먹는 게 아니라는 뜻 아닌가? 지금껏 이 주스를 얼마나 자주 마셔왔는지 차마 묻지 못했다.

희귀 질환은 아이뿐 아니라 부모에게도 참 버거운 현실이다. 조금씩 안정을 찾아갈 만하면 어김없이 마음을 무너뜨리는 일이 생기곤 한다. 마치 내가 편해지는 걸 누군가 허락하지 않는 듯한 기분이 들 때도 있다. 하지만 그렇다고 두 아이의 기관 생활을 끝내고 집에서 전적으로 돌볼 자신도 없다. 체력도, 두 시간마다 이어지는 식사 준비도, 발달에 맞춘 교육도. 지금의 나는 모든 것을 혼자 감당하기엔 아직 부족하다. 아마 앞으로도 우리 가족은 휘청이고, 흔들리고, 남들보다 느린 걸음을 걸어갈 것이다. 하지만 세상은 변함없이 같은 속도로 흘러가겠지.

그 혼란스러운 시간들 속에서 내가 내린 한 가지 결심이 있다. 비록 속도는 느리지만, 방향만큼은 분명하게 정하자는 것이다. 한글을 얼마나 빨리 떼었는지, 영어로 얼마나 유창하게 말하는지, 덧셈과 뺄셈을 누가 더 잘하는지, 이런 경쟁의 잣대에 우리 아이들을 억지로 끼워 넣지 않기로 했다. 조금 늦어도 괜찮다. 다만 건강이라는 방향만큼은 놓치지 않기로 마음먹었다. 그 건강에는 내 건강도 포함된다. 이 긴 여정을 완주하려면, 때로는 아이들을 품에서 잠시 떼어놓는 것도 필요하다고 생각하게 되었다. 낮 동안 남의 손을 빌리는 일도, 기관에 보내는 선택도, 더는 미안해하지 않기로 했다.

아이들이 희귀 질환이라는 운명을 안고 태어난 건 사실이지만, 우리는 그 운명에 지지 않기로 했다. 이번 생의 방향키는, 우리 스스로 잡고 있다고 되뇌었다.

쉬운 날은 없지만,
걸어가는 중입니다

희귀 질환 환아 보호자로서 삶에서 맞닥뜨려야 할 커다란 도전들이 많다. 남들에게는 사소해 보일지라도 내게는 크나큰 한숨을 마시고 내뱉어야 할 만큼 큰 도전이다.

그중에는 '병원'과 관련된 어려움도 있다. 안 그래도 희귀 질환이라는 딱지가 붙어서 서러운데 감기라도 걸리면 훨씬 서럽다. 당원병은 치료 약물도 없고 수술도 없다. 관리 방법은 오직 식이요법이다. 혈당 유지를 위해 조금씩 자주 먹어야 하고 메뉴에도 제한이 많다. 그래서 먹지 못하는 상황에 취약하다. 영유아의 경우 목감기와 장염이 치명적이다.

첫째 아이가 당원병을 진단받고 맞이하는 첫 겨울이었다. 아이는 며칠째 기침을 했다. 목이 아픈지 밥을 잘 못 넘겨서 죽을 해줬다. 죽도 잘 삼키지 못해서 더 곱게 갈아줬다. 이튿날 저녁 시간이 되기까지 온종일 먹어 준 것이 우유 500mL와 딸기 두 알이었고 아이는 당연히 처졌다. 단지 목감기로 목이 아파서 음식을 삼키지 못한 것인데 저혈당으로 수액을 맞았고 그것을 시작으로 일주일간 입원 치료를 받았다. 동네 병원에서는 주스든 요구르트든 과자든 일단 아이가 좋아하는 것을 먹여서 입맛을 돋우고 기운을 차리게 하라고 조언해 주었다. 하지만 당원병 환아는 그런 것들을 먹지 못한다. 섭취할 수 있는 음식이 없다면, 수액 치료를 받는 것이 낫다. 하지만 포도당 수액도 많이 맞으면 간에 부담이 되므로 수액의 종류와 용량을 예민하게 설정해야 한다. 지역에서 유명한 아동병원이었다. 수액을 처방하기 어렵다며 평소에 진료받는 병원이 있다면 그쪽 의사의 의견을 따르겠다고 했다. 부랴부랴 S 병원에 연락하여 우리의 상황을 설명한 후 처방에 도움을 받았다.

처음 겪는 모든 상황에 막연히 서러웠다. 흔한 감기조차도 이렇게 일이 커지다니. 아이도, 나도, 집에 홀로 남겨진 남편도 모두 안쓰러웠다. 그 당시 아이의 자장가는 '당신은 사랑받기 위해 태어난 사람'이었다. 낯선 병실에서 밤낮으로 끙끙거리며 잠을 이루지 못하는 아이에게 노래를 불러주다가 더 이상 가사를 이어 부르지 못하고 한참을 울었다. 하루를 버티는 것에 충실하느라 애써 외면해 왔던 감정이 그제야 눈물이 되어 터져 나왔다. 아이는 그런 나를 물끄러미 바라보았다.

두 번째 겨울에도 입원할 줄은 몰랐다. 이번에도 목감기였다. 기침과 고열, 아이는 처져서 아무것도 삼키지 못했다. 지난 입원과 다른 점이 있다면 그사이에 둘째 아이가 태어났고 이번에는 두 아이가 동시에 입원했다는 것이다. 환자 한 명당 보호자 한 명씩 상주할 수 있는 병원이었다. 생각대로라면 네 식구가 함께 입원하면 됐지만, 남편의 회사 상황이 따라주지 않았다. 그렇게 나는 두 아이를 데리고 입원 생활을 했다. 유전자 검사를 하고 당원병 확진을 내려준 대학병원이었다. 일단 입원은 시켜주었는데 당원병에 영향을 미칠까 봐 조심스럽다고 아무런 처방을 내리지 않았다. RSV 바이러스로 인한 폐렴이라면서 생리식염수 수액을 연결하고 기침 시럽만 줬다. 기침 소리가 심상치 않다면서 기저 질환이 있기에 호흡기 치료조차 조심스럽다고 했다. 시간만 흘렀다. 지난겨울 입원 치료받았던 내용과 병원에서 간호사로 근무하던 기억을 떠올리며 간호사실에 조심스럽게 목소리를 냈다. 호흡기 치료와 수액의 종류 및 용량 조절에 관한 의견이었다. 내 의견이 의사에게 전해졌고 회진 시간에 추가 처방이 이루어졌다. 시간이 지나 나을 때가 되어 나은 것인지, 나의 의견이 조금이나마 도움이 된 건지는 모르겠지만 그렇게 약 열흘간의 치료 후 퇴원했다.

겨울만 조심하면 된다고 생각했는데, 여름에 장염이 찾아왔다. 첫째 아이가 배가 아프다고 하더니 음식을 거부하고 자주 구토와 설사를 했다. 아이의 상태가 걱정되어 수액 치료를 받고 입원 가능한 병원을 알아보았다. 당시 소아과 의사 파업으로 소아 환자를 받는 병원이 많지 않은 상황이었다. 겨울에 입원했던 대학병원에 문의했더니, 장염은 경증이라 응급실 접수가 어려운 상황이라는 답변을 받았다. 아이의 저혈당 쇼크 발생 위험성을 설명하며 걱정스러운 마음을 전했지만, 처음에는 쉽게 받아들여지지 않아 답답했다. 그러던 중 병원 측에서 "소아과 의사가 근무하는 시간에 맞춰 방문하면 접수가 가능하다."는 말을 전해 듣고 겨우 안도할 수 있었다.

이제야 조금씩 깨닫게 되었다. 희귀 질환이 있다고 해서 병원이 언제나 쉽게 받아주지 않는다는 것을. 설령 입원을 하게 되어도 모든 문제가 해결되는 것은 아니라는 것을. 그래서 가정에서 건강 관리를 꼼꼼히 하고 정기 검진을 통해 병원을 찾는 일을 최소화하는 것이 얼마나 중요한지 알게 되었다. 엄마이자 아이들의 가장 가까운 보호자로서 책임감이 한층 더 깊어졌다.

직접 가족 간병인이 되어보니, 간호사 시절에는 보이지 않던 일들이 눈에 들어오기 시작했다. 희귀 질환은 치료법이 없는 경우가 많아, 진단 이후에는 긴 시간 가족의 돌봄에 의존할 수밖에 없다. 환자뿐 아니라 온 가족의 삶이 그 한 사람에게 집중되며, 평범한 일상은 조금씩 변해간다. 정보가 부족한 현실, 끊임없이 이어지는 검사와 관리, 늘어만 가는 지출. 그 무게는 시간이 지날수록 더 무겁게 느껴진다.

그럼에도 발걸음은 계속된다. 서로 기대고, 때로는 잠시 쉬어가며, 오늘을 견뎌낸다. 이 길이 어디로 향하는지, 어떤 손길이 더해지면 좋을지, 그 답은 아직 모른다. 다만, 느리지만 분명한 방향을 잃지 않으려 노력할 뿐이다.

오늘을 견디는 마음

두 살 터울로 태어난 아이들이 연이어 희귀 질환을 진단받으면서, 우리의 일상은 조금씩 달라지기 시작했다. 밤낮을 가릴 것 없이 두 시간마다 챙겨야 하는 식이요법. 간격이 늘어봤자 서너 시간이라 깊은 잠을 자는 일은 여전히 쉽지 않았다. 피로는 어느 순간부터 익숙한 감각이 되었고, 묵직하게 깔리는 나른함 속에서 하루를 이어갔다. 아이들을 품에 안고 있는 시간은 분명 소중하지만, 완치가 없다는 사실 앞에서는 가끔 마음이 고요히 흔들렸다. 서로의 마음을 확인할 틈 없이 스쳐 지나가는 날들 속에서, 남편과의 거리도 어쩐지 조심스러워졌다. 나는 조용히 나 자신을 되짚으며, 하루하루를 더듬듯 살아갔다. 세상은 여전히 바쁘게 돌아가고 있었지만, 나는 잠시 숨을 고르는 중이었다.

간호사로 일하던 시절, 환자뿐 아니라 그 가족들까지 함께 돌보고 싶다는 마음을 품었었다. 나아가 언젠가는 한 가정을 온전히 지지하는 존재가 되고 싶다고 생각했다. 하지만 막상 보호자의 자리에 서고 보니, 그 역할이 얼마나 막막하고 외로운 일인지 비로소 알게 되었다. 보호자는 누가 돌봐줄까. 문득 그런 생각이 들었다. 몸도 마음도 점점 지쳐갔다. 필요한 정보를 찾아 인터넷을 뒤졌지만, 보호자를 위한 지원 프로그램이나 자조 모임은 많지 않았다. 그마저도 대부분은 일회성 행사에 그쳤고, 진심으로 기대어볼 만한 자리는 좀처럼 찾기 어려웠다. 심리 상담을 받아보면 어떨까 싶어 알아보기도 했지만, 상담 비용은 쉽게 감당할 수 있는 수준이 아니었다. 경제활동을 잠시 멈춘 상태였기에 더욱 망설여졌다.

그런 시간이 쌓이면서 문득, '계속 이렇게 살아갈 수

는 없겠구나.' 하는 생각이 들었다. 받아들여야 한다는 걸 머리로는 알고 있었지만, 마음은 좀처럼 따라주지 않았다. 포기하고 싶다는 마음과 포기할 수 없는 현실 사이에서 마음이 복잡하게 얽혔다. 그 감정은 선명하게 정리되지 않고, 그저 겹겹이 쌓여만 갔다. 스스로 조금 더 담담해지기를 기다려보았다. 시간이 지나면 마음이 조금은 정리되지 않을까 기대도 했지만, 생각만큼 명확한 전환점은 쉽게 찾아오지 않았다. 극적인 깨달음이나 큰 사건 없이도, 마음을 다잡을 수 있는 날이 언젠가는 오기를 바라며 그 시간을 조용히 견뎌내는 수밖에 없었다.

그 순간 내가 선택할 수 있었던 방법은 단 하나였다. 마음속에서 치밀어 오르는 감정을 조용히 흘려보내는 것. 그래야 눈앞의 두 아이를 돌볼 수 있었고, 다음 하루를 이어갈 수 있었다. 그렇게 하루하루를 보내면서 조금은 알게 되었다. 삶은 언제나 내가 바라는 방향으로만 흐르지 않고, 때로는 받아들이고 싶지 않은 것들을 인정해야 할 때도 있다는 것. 이해되지 않는 상황조차도 품고 가야 할 때가 있다는 것을. 신앙에 기대고 싶은 마음이 없었던 건 아니지만, 그보다는 지금 이 현실과 더 단단히 마주서고 싶었다. 때로는 부딪히고, 때로는 버티면서, 나 자신이 조금 더 단단해지길 바랐다. 그래서 잠시 '나'라는 사람보다는 '엄마'라는 역할에 더 집중해보기로 마음먹었다. 이건 누가 강요한 것이 아니라, 내가 스스로 선택한 길이었다. 아픈 두 아이를 지켜보며, 지금은 개인의 행복보다 더 시급한 것이 있다는 생각이 들었기 때문이다.

이 선택이 정말 바람직한 방향이었는지, 아니면 손 내밀 수 있는 여지가 부족해 결국 숨 고를 틈조차 스스로 포기하게 된 건지, 때때로 조심스레 되묻게 되었다. 우리 가족의 현실에 맞는 복지 제도가 부재한 채, '부모로서의 책임'이라는 이름 아래 모든 선택이 밀려온 건 아닐까 하는 원망도 문득 찾아왔다. 그 물음들에 선뜻 답을 내릴 수는 없었고, 그렇게 또 하루가 흘러갔다.

두 달마다 받는
성적표

정기 검진을 위해 두 달마다 S 병원에 간다. 항상 구급차와 택시로 붐비는 본관 가는 길목, 각 층 곳곳의 의자마다 빼곡히 앉아 있는 환자와 보호자들, 똑같이 생긴 컵을 들고 있지만 각자 사연이 다른 카페 내 보호자와 의료진들, 엘리베이터 앞에 줄지은 휠체어와 이동 침대들. 모두 뒤엉켜 어수선하다. 기둥을 지날 때마다 병원 특유의 냄새가 펄럭인다. 이 풍경과 냄새에 익숙해지기 싫었다. 처음 일 년 정도는 주차장, 본관 1층 엘리베이터, 2층 검사실과 소아청소년과 외래만 들렀다. 병원 건물 내에 아는 사람이 하나도 없지만, 이곳에 있는 것을 들키고 싶지 않았다. 진료가 끝나면 부랴부랴 병원을 빠져나와 멀리 떨어진 식당에서 주린 배를 채우곤 했다.

일 년쯤 지나서야 용기를 내어 1층 카페에서 커피 한 잔을 사 마셨다. 고작 이런 일에 이렇게 오랜 시간이 걸리다니. 병원이라는 공간에 마음을 여는 것도, 내가 이곳에 있다는 사실을 받아들이는 것도 쉽지 않았지만, 이제는 조금씩 받아들이고 있다. 어느새 우리 네 식구는 진료를 마치면 지하 식당에서 식사하고, 1층 카페에서 커피를 마신다. 진료 대기가 길어지면 옥상 정원에서 아이들과 산책한다. 병원이라는 공간을 자연스럽게 누비고 다니는 우리 가족의 모습이 싫지만은 않다. 또한 외래 검진이 끝나면 곧바로 집에 가지 않고 어디라도 들리는 것이 우리만의 약속이 됐다. 그날 하루쯤은 가격표를 쳐다보지 않고 한우를 실컷 먹기도, 모래놀이가 가능한 카페에 들르기도, 동물에게 먹이 주기 체험을 할 수 있는 곳에 들르기도 하며 병원에서 느꼈던 기분을 털어내고 오는 것이다.

이날을 두고 우리 부부는 '두 달마다 성적표 받으러

간다.'라고 표현한다. 학생들은 평소에 시험공부를 하다가 시험 당일에 결과를 보고 평가받는다. 우리도 마찬가지다. 평소에 식이 시간표대로 열심히 관리하다가 혈액 검사, 엑스레이, 초음파 등 눈에 직접 보여지는 검사를 해야만 몸 상태가 어떤지 알 수 있다. 검사 결과에 따라 기분이 달라지곤 한다. 기대에 못 미치면 아쉬움이 남고, 노력한 시간이 허무하게 느껴지기도 한다. 반면, 좋은 결과가 나올 땐 기쁘고 보람을 느낀다. 결국 이런 감정의 파도는 앞으로도 계속될 테니, 그때그때의 결과에 너무 휘둘리지 않고, 매 순간을 소중히 여기며 차분히 나아가고자 한다.

세상에는 수많은 질병이 있다. 외모에서 드러나기도, 드러나지 않기도. 당장 입원이 필요하기도, 필요하지 않기도. 약물과 수술이 있기도, 없기도. 있다고 하더라도 굉장히 비싸서 없는 것과 다름없기도. 가족과 헤어질 날이 예측되기도, 그 정도로 급하게 떠날 상황은 아니기도. 각자의 상황은 모두 다르다. 때로는 상대의 상황을 보고 내가 더 힘들다고 절망할 수도 있고, 이 부분은 내가 더 낫다는 마음에 비겁한 위로를 받기도 한다. 이렇게 수많은 상황

중에 내가 위치한 곳은 어디이며 도대체 어떤 이유로 억울함과 속상함이 풀리지 않는 것인지 오랫동안 고민했다. 그 끝에는 끝이 보이지 않는 것, 완치가 없는 것이 있었다.

아이를 낳기 전에는 육아휴직 기간에 잠시 나를 내려놓고 복직 후 다시 나를 찾겠다고 각오했다. 그러던 중 이런 상황이 찾아온 것이다. 그래서인지 무한한 휴직 상태로 나를 영영 잃어버릴 거라는 마음이 컸다. 아이가 주는 기쁨도 있지만 장기적으로 아이들을 돌보려면 나를 지우고 좋은 엄마로 살아가기를 선택하는 것이 당연하다고 생각했다. 좋은 엄마가 되려면 기꺼이 나를 포기해야 한다고 생각했다. 나는 더 이상 이전의 내가 아니라고 스스로 되뇌었다. 나와 엄마의 역할을 별개로 여긴 것이다. 하지만 이 시간이 끝나지 않는다니? 문득, 이대로 나를 잃어버리는 건 너무 가혹하다는 생각이 들었다.

"같이 아프면 오래 못 가."

어느 책에서 해답을 찾았다. 오래 함께하기 위해서는 내 마음을 먼저 돌보는 일이 필요했다. 지금 이대로의 나를 받아들이기로 했다. 내가 사라진 것이 아니라, 나는 여전히 나였다. 그동안 딸, 친구, 직장 동료, 배우자, 며느리로 살아왔고, 이제 '엄마'라는 새로운 역할이 더해졌을 뿐이다. 그래서 나는, 이전의 나에 엄마라는 또 하나의 얼굴이 생겼다고 생각하기로 했다.

생각을 바꾸니 마음도 한결 가벼워졌다. 아이의 세계에서 인생의 주인공은 아이 자신이고, 부모는 옆에서 건강하게 지지해주는 조연이면 충분하다. 내가 무엇이라고 아이의 인생을 앞서 걱정하며 생기지도 않은 이별을 미리 상상하고 마음속에 품고 있었을까. 지금은 하루하루를 건강하게, 행복하게 살아갈 방법을 고민하는 것이 더 중요하다. 그동안 나는 다소 서툰 보호자였을지도 모르지만, 그조차도 소중한 첫걸음이었다.

그래서 그 시간은 결코 헛되지 않았다. 그 모든 순간은 나에게 꼭 필요한 배움의 시간이었고, 충분히 마음을 쏟고 마주했던 감정들은 하나하나 의미 있는 과정이었다. 그 시간이 있었기에 나는 많은 것들을 새롭게 바라볼 수 있게 되었다.

　직접 보호자가 되어보니 예전에 만났던 보호자들의 마음이 조금은 이해되었고, 식이요법에 협조적인 첫째 아이와, 보다 세심한 관리가 필요한 둘째 아이를 함께 키우며 다양한 보호자들과 소통할 수 있는 마음의 여유가 생겼다. 힘겨운 시간 속에서도 어떻게든 희망의 빛을 찾아내는 법을 배웠고, 겉으로는 웃고 있어도 그 안에 다양한 감정이 숨어 있을 수 있다는 사실을 깨달았다. 아마 계속 어두운 감정에만 머물렀다면 보지 못했을 것들이다. 이제 나는, 그 시간을 지나 더 단단해진 마음으로 오늘을 살아가려 한다.

2
장

그 해, 추운 여름

K-아빠

앞서간 사람들은 어떻게 이겨냈는지 궁금해서 책과 인터넷을 많이 찾았다. 육아 관련 에세이나 SNS 속 건강에 관련된 사연은 주로 엄마가 이야기한다는 공통점을 발견했다. 성별에 따른 감성 차이인지, 외벌이라면 주로 아빠가 회사에 다니느라 시간과 체력이 부족해서 그런 것인지, 남자는 강해야 한다는 대한민국 특유의 유전자 때문인지 모르겠다.

다른 환아 부모님들과 이야기를 나누다 보면 부부 사이가 소홀해짐은 물론, 별거나 이혼으로 이어지는 가정도 많다. 엄마는 간병을, 아빠는 돈벌이하느라 각자의 하루에 최선을 다하는 것인데 왜 그 뒷면의 힘듦도 오롯이 부부가 감내해야 하는 걸까? 우리 부부 또한 이것과 관련된 큰 어려움이 있었다. '아이가 둘이니 각자 한 명씩 돌보기로 하고 헤어지면 되는 걸까? 당원병을 관리하는 의사는 전국에 한 명인데 외래 날짜를 맞추어야 할까? 아니면 따로 잡아야 할까? 환우회라는 소집단 안에서 자주 마주칠 텐데 이혼이 의미가 있을까? 이혼하면 이 생활이 나아질까? 정말 이것이 정답일까?'라는 생각이 꼬리를 물었다. 내 마음은 이게 아닌데 어쩌다 이런 생각까지 흘러왔지? 이런 생각을 할 수밖에 없는 현실이 서글펐다.

가족 중 환자가 있는 것은 그 누구의 잘못도 아니다. 가족 모두가 전혀 예상하지 못한 채 이런 상황에 덜컥 놓인 것이다. 그런데 왜 그 책임감을 보호자들이 뒤집어쓴 채 아파하는 것인지, 힘들어도 가족이라는 이유로 티 내면 안 되는지, 그것도 하필 가장에게는 더욱 가혹한 것인지. 이런 상황이 너무 안타깝다.

아이들이 희귀 질환을 진단받기 전 간호사로 근무할 때 환자에게 온 정성을 다했다. 간호사라는 직업인으로서 진심이었다. 신체적, 정신적으로 힘들었지만, 꿋꿋이 했다. 사람을 상대하는 일이니까, 건강과 생명에 도움을 주는 일이니까. 그 당시 나의 직업관은 '낮은 자까지 돌보는 간호사가 되는 것'이었다. '돈, 지역, 정책, 주변 지지체계 등 모든 조건에서 멀리 떨어져 있는 사각지대에 놓인 환자'를 낮은 자로 정의하고 그들에게 손을 내미는 간호를 하고 싶다는 의미였다.

지금과 다른 점이 있다면 직업일 때는 퇴근하면 그만이었다. 두 시간 넘는 심폐소생술을 하고 퇴근하던 날에도, 수술실에서 미처 완벽하게 봉합되지 않은 채 중환자실로 이동하여 가슴을 누를 때마다 침대 아래로 뚝뚝 떨어지는 피비린내를 맡은 날에도, 작은 유리병 주사 하나에 수백만 원이라서 아이의 부모가 스스로 치료를 중단하겠다고 말씀하시던 날에도, 오토바이 사고로 찻길에 쓸려 전신 화상을 입은 환자에게 피부 간호를 수행하고 다시 온몸을 붕대로 감아드리던 날에도, 전자발찌를 찬 남자

환자가 침대 모서리의 수액 걸이를 뽑아 들고 간호사들을 향해 휘두른 날에도, 퇴근하면 그만이었다.

하지만 가족 보호자에게는 퇴근이 없다. 환자가 병원이나 시설에서 생활하는 가정이라도 마음 한편은 늘 환자에게 머물러 있다. 환자를 집에서 직접 간병하는 가정이라면 방, 거실, 화장실, 주방 어느 쪽으로 시선을 돌려도 늘 마음이 답답하다. 낮에 기관 또는 시설에서 반나절 생활하고 온대도 그곳에서 잘 지내고 있을지 늘 머릿속은 그곳을 상상하고 있다.

이런 상황에서 남편은 회사까지 다녔으니, 그 힘듦은 내가 평생 헤아려도 다 알 수 없을 것이다. 우리는 이미 두 아이의 잦은 식이요법과 갑작스러운 저혈당 상황 때문에 항시 마음을 편하게 누일 곳이 없는 가정이다. 여기에 편도 한 시간 정도의 출근길 운전, 부서원과의 관계, 회사를 대표하여 거래처와 협업하는 무게감, 제시간에 퇴근하지 못하는 회사 구조, 집에 남겨진 세 명이 잠들어 있을 때 출근했다가 다시 잠들어 있을 때 퇴근하는 쓸쓸함, 일이 많으면 일주일에 6일 또는 7일도 출근하는 피로와 책임감 속에서, 삶에 대한 무거움과 설명하기 어려운 허탈함이 마음 깊이 자리 잡았을지도 모른다.

2교대 근무를 하는 직원처럼, 우리는 하루에 두 번 눈인사를 주고받는 것이 전부인 시기가 있었다. 남편은 삼 시 세끼를 회사에서 해결했고, 나는 두 시간마다 두 아이의 식사를 챙기며 남은 음식으로 끼니를 대신했다. 부부가 나란히 앉아 밥 한 끼를 함께한 게 언제였는지 기억조차 나지 않았다. 그 무렵부터였을까. 남편의 표정이 점점 흐려지기 시작했다. 초점 없는 눈빛과 떨리는 손, 자주 멍하니 허공을 바라보는 모습에서 피로가 아닌 다른 무언가가 느껴졌다. 걱정스러웠다. 전문가의 도움이 필요하다는 생각이 들었다. 하지만 말 한마디로 해결될 수 있는 일은 아니었다. 나는 성급해지지 않으려 애쓰며, 한 달 넘게 천천히 마음을 열어보았다. 그리고 어느 날, 남편 입에서 정신건강의학과에 가보고 싶다는 말이 나왔다. 나지막하지만 큰 용기였다. 바로 병원을 예약하고 싶었지만, 회사 일정이 여의치 않았다. 아쉬움이 남았다. 그날 이후, 나는 일상에서 남편과 마주 앉아 대화를 나눌 수 있는 시간을 조금씩 만들기로 했다. 회사에서 식사를 모두 해결하고 오더라도, 간단한 야식과 함께 조용히 술잔을 나누는 자리를 준비했다. 어색했지만, 그렇게라도 서로의 숨결을 확인하고 싶었다. 우리의 밤은 술 반, 마음 반으로 버티는 날들이었지만, 그 작은 순간들이 다시 우리를 조금씩 가까이 데려다주었다.

가을쯤, 결국 참아오던 것들이 터져 나왔다. 남편의 감정은 점점 불안정해졌고, 회사 일까지 감당하기 힘들 정도로 벅차게 불어났다. 나 역시 직장생활을 해봤기에 알 수 있었다. 그 정도의 업무 강도라면, 다른 문제가 전혀 없더라도 충분히 감당하기 어려운 상황이었다. 그런데 두 아이의 건강 문제와 가족에 대한 책임감까지 더해졌으니, 남편 마음이 얼마나 답답했을지 짐작이 되었다. 퇴근 후엔 거의 매일 감정이 북받쳐 올라왔다. 남편과는 오랜 연애 끝에 결혼했지만, 그렇게 굵은 눈물을 흘리는 모습을 본 건 처음이었다. 이대로는 안 되겠다는 생각에, 회사를 그만두자고 권했다. 통장 잔고가 얼마인지보다 더 중요한 건, 지금 눈앞의 사람을 지키는 일이었다. 하지만 남편은 끝까지 맡은 일은 정리하고 떠나고 싶다고 말했다. 그 말이 이해되면서도, 당장의 상황은 여전히 막막하게 느껴졌다. 약물치료도, 퇴사도 그리 간단하게 결정되고 실행되는 일이 아니었다. 모든 게 마음만큼 쉽게 흘러가지는 않았다.

"가을이 그렇게 바빠? 그럼 이번 가을만 무사히 넘기고 초겨울이 되면 회사에 퇴사 의사를 밝히자. 깔끔하게 올해까지만 일하고, 1월 1일 새해부터는 쉬자."라고 의견을 나눴다. 둘 다 동의했다. 하지만 겨울에도 그 업무는 끝날 기미가 보이지 않았다. 퇴사 의사는 '다시 생각해보라.'라는 답변으로 돌아왔다. 매서운 칼바람이 우리 집안을 쓸고 지나갔다. 한두 달 정도 지난 후 다시 퇴사 의사를 밝혔다. 지금 당장 쓰러질 것 같으니 퇴사든 육아휴직이든 행정적인 종류는 상관이 없으니, 당장 쉴 수 있는 기회를 달라고 했다. 퇴사가 좋겠다는 답변이 돌아왔다. 퇴사하자마자 위태로운 우리 집에서 도망가자는 대화를 나눴다. 당장 이사할 만한 상황은 아니니 조금 긴 여행이라도 가자고 했다. 어디가 좋을까 생각하다가 적당한 곳이 떠올랐다. 제주도였다. 우리는 코로나 시기에 결혼한 부부라서 신혼여행지가 스위스에서 제주도로 바뀐 신혼부부 중 하나였다. 제주도로 결정한 이유는 단순했다. 우리 둘이 만나 가장 행복했던 때로 돌아가기 위함이었다. 신혼여행 기간의 행복을 찾기 위하여, 초심을 회복하기 위하여, 쉽사리 집으로 되돌아올 수 없는 거리가 먼 곳으로 떠나기로 했다.

신혼여행 때 머물렀던 숙소의 최신 소식을 찾아보니 한 달씩 대여해주기도 했다. "그래, 좋아. 잘됐네! 인생 뭐 있어? 뒷일은 생각하지 말자! 현재의 행복만 찾으러 가자! 카르페디엠!"이라며 과감하게 한 달을 덜컥 예약했다. 남편 앞에서는 이렇게 이야기했지만, 뒤에서 조용히 나의 종신보험을 해약해서 돈을 마련했다. 채 한 달도 남지 않았다. 답답한 이 곳에서 벗어날 수 있다니 오랜만에 설렘의 감정이 찾아왔다.

제주 한달살이라는
가면

우리는 지쳐갔다. 마음속 깊은 곳에서 이유 모를 답답함과 억울함이 고개를 들 때마다 어떻게든 지금 이 순간을 무사히 지나가고 싶었다. 한순간에 모든 것이 사라졌으면 좋겠다는 생각도 했지만, 사실은 그만큼 간절히 벗어나고 싶었던 것 같다. 그저, 지금보다 조금만 더 나아졌으면. 숨 쉴 틈 하나만 있어도 좋겠다는 마음뿐이었다.

제주 한달살이는 정말 멋질까? 다녀오면 지금보다 행복해질까? 한 달 후엔 집으로 돌아오게 될까? 아니면 제주에 더 머무르게 될까? 막연하지만, 신의 기적 같은 무언

가를 기대해 보고 싶다는 마음도 없지 않았다. 우리의 제
주 한달살이를 여행으로 보아야 할지, 휴식으로 보아야
할지, 도망으로 보아야 할지 정체성을 정하기 어려웠다. 진
실은 도망인데 남들에게는 호화로운 휴가처럼 보여졌기
때문이다.

우리 사정을 모르는 사람들은 말했다. "남편 잘 만났
네. 부부가 같이 노는 거 보니 돈이 많은가 보네." 나의 마
음 한쪽은 말했다. "그래. 잘 생각했어. 돈은 있다가도 없
는 거고, 없다가도 있는 거야. 일단 사람이 살아야지. 좋은
것만 보고 좋은 생각만 하다가 오자." 그렇게 우리는 한달
살이라는 가면을 쓴 채로 제주도로 도망쳤다.

드디어 출발하는 날 아침이 밝았다. 안 그래도 매일
밤잠을 제대로 잘 수 없는 조건인데 큰 일정을 앞두니 더
욱 편히 쉬지 못한 상태였다. 그 와중에도 마음 한구석에
선 '설렌다'라는 감정이 슬며시 피어올랐다. 제주로 옮기
는 발걸음이 비록 '도망'이지만 나도 모르는 사이에 '여행
과 휴식'이 되어주기를 기대했나 보다. 심지어 다녀오면 무

언가 크게 바뀌는 기적을 바라기도 했다. 항공권을 받았는데 일반석에서 비즈니스석으로 업그레이드되었다. 게다가 아이들은 한 시간 정도의 비행을 잘 견뎌주었다. 첫째 아이는 챙겨온 장난감에 푹 빠졌고 둘째 아이는 아기 띠 안에서 방긋방긋 웃었다. 시작부터 좋았다. 아, 역시 떠나는 게 정답이었구나. 제주는 내게 좋은 기운을 주는구나!

제주 공항 근처의 밀린 도로를 빠져나와 한참을 달리다 보면 어느새 건물 높이가 점점 낮아진다. 낮아지다가, 사이의 간격이 조금씩 멀어지다가, 어느새 건물이 보이지 않는 동네에 이른다. 시야를 막는 것 없이 오직 초록과 파랑만이 존재하는 길을 달리니 이제야 제주에 도착한 것이 실감 났다. 마음이 편안해져서 창문을 살짝 열고 깊은숨을 들이켰다.

차로 한 시간 정도 달려 숙소에 도착했다. 신혼여행으로 왔을 때는 완전한 여행의 느낌이었는데 아무래도 이번에는 그때와 아주 달랐다. 서울에서 큰 사업에 실패하고 시골로 도망치듯 내려온 드라마 속 주인공이 이런 기분이었을까? 병원에서 '몇 개월 남지 않았습니다'라는 말을 듣고 공기 좋은 곳에서 기적을 바라는 드라마 속 주인공의 기분일까? 잠시 감성에 젖어있다가 정신을 차려보니 차 안에는 유모차 두 대를 비롯한 여러 개의 짐 상자가 가득 실려 있었다. 문제는 건물 안의 엘리베이터를 타기까지 반 층 정도의 계단이 있다는 것이었다. 남편은 나와 아이들을 먼저 숙소로 올려보내고 혼자서 짐을 옮겨보겠다고 했다. 남편에게는 미안했지만, 우리 둘 중에 누군가는 아이들의 안전을 지키고 다른 누군가 짐을 옮겨야 할 상황이라서 그 결정이 최선이라고 생각했다.

아이들과 먼저 올라가 한껏 들뜬 마음으로 방문을 열었다. 기억했던 것보다 많이 좁았다. 살던 집의 빈의빈 규모였다. 신혼여행 때 남편과 둘이 왔을 때는 넓게 느껴졌는데 넷이 오니 너무 작았다. 하지만 첫째 아이는 감탄했다.

"이야! 정말 멋지다! 여기 누구 집이에요?"

"주원아, 이 집 어때? 이제 여기가 우리 집이야."

"여기가 주원이 집이에요? 그러면 여기가 제주도예

요? 주원이 집 좋아요! 제주도 좋아요!"라며 흥분을 감추지 못했다. 살던 집보다 훨씬 작고 장난감도 거의 없는 텅 빈 숙소이지만 '여기 멋지다'라고 반복하는 아이 덕분에 한숨 돌렸다.

그러는 사이에 남편은 혼자서 모든 짐을 숙소로 올렸다. 아무리 성인 남자여도 한 번에 옮길 수 없는 양이다 보니 주차장에서 숙소까지 혼자서 여러 번 오르내렸다. 남편이 없었다면 이번 여행은 시작조차 못 했을 것이다. 가족을 위한 마음으로 애써준 남편에게 미안하고 고마웠다. 그런 마음에 숙소가 작다는 말은 굳이 꺼내지 않았다. 이렇게 배려하는 마음은 서로 같겠지. 그동안은 상황이 힘들어서 그랬던 거겠지. 이번 기회로 부부가 되던 초심을 찾고, 다시금 단단해지는 시간이 되길 바랐다. 첫째 날 일정은 숙소에 도착해서 짐을 정리하는 것으로 끝이 났다.

숙소에서 가장 가까운 식당에서 서둘러 배를 채웠다. 네 명이 순서대로 씻고 자려고 누웠다. 잠자리에 예민한 남편은 장소와 이불 모두 낯설어서 잠이 잘 오지 않는다고 했다. 나는 여러 다른 감정에 잠이 잘 오지 않았다. 이곳에서 펼쳐질 날들에 막연한 기대가 있었다. 어쩌면 그동안 마음 기댈 곳이 없었는데 판타지 세계에 들어온 듯한 생각에 살짝 흥분되기도 했다. 하지만 아무것도 모른 채 부모 결정에 이끌려온 아이들의 얼굴을 내려다보며 긴장되기도 했다. 당장 내일부터 한 달간 어린이집을 보내지도 못하고, 육아를 잠시 부탁할 사람도 없다. 아는 사람이 단 한 명도 없는 낯선 곳에서 두 아이를 책임져야 한다는 불안이 들었다.

그건 마치 낯선 이불의 감촉이 차가우면서도 포근한 것과 같았다. 잠든 두 아이를 번갈아 내려다보았다. 집에서 자던 모습과 똑같았다. 새벽에 울린 알람두 똑같았다. 그저 여기에 머무르는 동안 아이들이 아프지 않기만을, 저혈당 쇼크에 빠지지 않기만을, 그 일로 큰 병원에 갈 일만 없기를 바랐다. 그거면 된다. 더 바랄 것이 없다. 여기까지 와서도 나는 그것만을 바랐다. 변했지만 변하지 않은 것들이었다.

이런저런 생각을 하던 사이에 첫 번째 알람이 울렸고 두 아이에게 옥수수 전분물을 먹였다. 희미한 간접 등에 의지한 어둠 속에서 낯선 이불을 괜히 만지작거렸다. 이불 끄트머리에 실밥 하나가 삐죽 튀어나왔다. 실밥을 탁 뜯어서 끊어버리려다가 손을 멈추었다. 그 실밥을 보고 피식 웃음이 나왔다. 너도 내 처지와 같구나. 멋진 이불에 합류하지 못하고 혼자 삐죽 튀어나왔구나. 생각하다가 시선이 이불의 가운데 쪽으로 갔다. 천은 아주 가느다란 실이 무수히 많이 모여 가로세로로 단단하게 짜인 것이다. 삐죽 튀어나온 한 가닥의 실로는 이런 형태를 낼 수가 없다. 마치 우리 넷 같았다. 이번 경험을 통해 삐죽 튀어나왔던 삶에서, 저 이불 한가운데의 삶으로 되돌리고 싶었다.

한 달이라는 시간은 길다. 꼭 지켜야 할 일정도 없었다. 말 그대로 자유로운 조건이니 매사에 서두르지 말고 하루하루를 여유롭고 천천히 보내기로 다짐했다. 이불 한가운데의 삶으로 되돌아가는 것 또한 말이다.

그렇게 첫 번째 밤이 지났다.

제주살이의
로망과 현실

　우리가 한 달 동안 머문 동네는 제주도 서귀포시 성산읍이었다. 세탁실 창문을 열면 성산일출봉이 정면으로 눈에 담기고 바다 냄새가 실린 바람이 두 뺨에 스친다. 하루 중 가장 행복하고 경건한 시간이다. 이 느낌이 좋아서 매일 아침 창문을 열었고 겨우 1~2분이지만 이 순간을 만끽했다. 또한 이따금 뛰어내리고 싶던 베란다 창문이 아니라 오늘 하루를 '잘' 살아내고 싶다는 마음을 먹게 하는 고마운 창문이었다. 구름, 성산일출봉, 듬성듬성 남은 유채꽃, 무밭, 잡초더미, 텅 빈 2차선 도로, 새 지저귀는 소리, 닭 울음소리, 주인집의 늙은 레트리버의 짖는 소리를 직접 확인하며 집을 떠나 다른 곳에 와 있음을 확인하고 또 확인했다. 공간뿐 아니라 시간까지도 다른 시대로 옮겨진 기분이었다. 눈에 보이고 뺨에 스치는 모든 것이 우리만을 위해 존재하는 느낌이었다. 판타지 세계의 주인공이라는 주문을 끊임없이 외웠다. 이 마법이 풀리지 않길 바랐다.

그날 날씨를 예측하는 목적도 있었다. 아무리 일기예보가 한 시간 단위로 예측되는 세상에 살고 있지만 제주도 날씨는 그렇지 않다. 핸드폰에는 해님이 방긋 웃고 있는데 실제로는 비가 내리기도 하고 그 반대이기도 하다. 그렇게 날씨를 직접 눈으로 확인한 후 하루치의 일정을 정한다. 보통은 오늘 하루, 길게는 내일까지만 생각한다. 24시간 식이 시간표대로 쳇바퀴 굴러가는 하루, 어제인지 오늘인지 구분되지 않는 날들, 식이 시간표의 가로세로 선들이 감옥의 쇠창살이 되어 그 안에 갇힌 내 모습. 몸과 마음이 모두 조이는 날들을 살아왔다. 제주에서는 하루 이틀의 계획만 세우며 즉흥적으로 지낼 것이란 사실이 내겐 일탈처럼 느껴졌다. 식이 시간표는 그대로인데 공간만 옮겨졌다고 해서 이런 기분이 든다는 게 신선하고 흥미로웠다. 하루가 온전히 우리를 위해 열려 있다는 사실이 믿기지 않았다. 매일 아침 그 기분을 느끼고 싶어서 더욱 일부러 창문을 열었고, 매번 아침 간지럽고 벅찬 기분을 즐겼다.

그때쯤 우리 집 남자 세 명이 한 명씩 차례로 깨기 시작한다.

"오늘은 어디 갈까?"

남편이 부스스 일어나서 눈을 제대로 뜨지도 못한 채 내게 묻는다.

미리 일어나서 날씨를 확인한 나는 자신 있게 대답한다.

"아침부터 햇볕이 따뜻하고 공기가 포근해. 바람도 안 불어. 오전에 동화마을에 가서 아이들이랑 뛰어놀자. 점심은 내가 미리 봐둔 근처 한식집 있거든. 후기 사진 보니까 밑반찬도 우리 아이들이 고민 없이 먹을 수 있는 것들이더라고. 아이들 식사 시간에 맞춰서 한 끼 먹으면 될 것 같아. 드라이브할 겸 30분 정도 차를 타고 김녕으로 넘어가자. 지난번 주원이가 좋아했던 물고기 카페에 한 번 더 들르자. 그럼 시간과 동선이 딱 맞을 거야. 지금부터 준비하면 되겠다!"

"그래, 좋아. 애들아, 옷 갈아입자!"

즐겁고 유쾌한 대화 같지만, 머릿속에서는 바쁘게 시간 계산기가 째깍째깍 돌아간다. 우선 숙소에서 아침 식사를 한 끼 해야 한다. 먹은 시간을 확인한 후 그다음으로 옥수수 전분물 마실 시간에 맞추어 알람을 설정한다. 동화마을에서 식당으로 이동하는 시간까지 계산한 후에야 동화마을에서 머무를 수 있는 시간이 정해진다. 머릿속으로는 하루의 식이 시간표를 계산하고 동시에 두 손은 자연스럽게 움직인다. 저울에 전분 가루 통을 올리고 영점 조절을 한 후 정확한 용량을 담아낸다. 여러 번 먹을 분량, 혹시나 흘릴 것을 대비한 여유 분량까지 두 아이 몫을 준비한다. 옥수수 전분물을 거부할 때 대체할 간식도 챙긴다. 기저귀, 물티슈, 여벌 옷 보통 아이들에게 필요한 준비물은 물론이다. 이렇게 준비를 마치면 이미 시간이 훌쩍 지나있다. 동화마을에 머무를 수 있는 시간만큼 말이다.

할 수 없이 동화마을 가기를 포기한다. 아침부터 기세가 한풀 꺾인 채 하루를 시작한다.

이렇듯 우리에게 즉흥은 불가능이다. 당원병 간병의 가장 큰 부분을 차지하는 식이요법. 그게 힘들어서 도망친 건데 떠나온 곳에서도 같은 이유로 힘들었다. 이날 이후에도 송당리에 있는 제주 동화마을은 결국 한 번도 가지 못했다.

물론 매일이 그렇게 힘들고 서러운 것만은 아니다. 예정했던 관광지를 무사히 둘러보고 즐겁게 보낸 날도 많았다. 다만 그런 날엔 식사 준비가 늘 고민이었다. 어느 날은 주변에 아이가 먹을 만한 메뉴가 마땅치 않아, 선택의 폭이 좁았다. 남편과 단둘이 왔다면 간단히 삼각김밥 하나로도 만족했겠지만, 아이들과 함께일 때는 상황이 조금 달랐다. 비싼 관광지 물가 속에서 온종일 식사를 때우는 날도 있었고, 지겨울 만큼 반복된 메뉴를 어쩔 수 없이 또 주문하기도 했다. 아이들을 먼저 먹이고 나면, 우리가 식사를 시작할 즈음엔 첫째 아이가 벌써 배가 찼다며 나가

자고 보채기 일쑤였다. 유튜브도 그런 아이를 오래 붙잡아두지 못했다. 다른 손님들 눈치를 보며 허겁지겁 먹다 보면 때론 체하기도 했고, 또 어떤 날은 한두 입 겨우 먹고 자리에서 일어나야 했다. 그럼에도 다음 날, 또 그다음 날에도 익숙하고 안전한 메뉴를 다시 선택했다. 고등어구이, 성게미역국, 보말미역국, 고기국수…. 몇 년은 안 먹어도 될 만큼 충분히 먹었다.

숙소가 서귀포시 성산읍이라 근처에 유명한 관광지가 많았다. 남편과 단둘이 왔을 때는 성산일출봉이나 섭지코지를 천천히 둘러보며, 중간에 심호흡도 하고, 풍경도 여유롭게 감상했다. 거센 바람이나 이슬비마저도 그저 여행의 일부처럼 받아들일 수 있었다. 하지만 아이들과 함께 오니 날씨가 중요한 조건이 되었다. 비가 오거나 바람이 심한 날엔 실내로 목적지를 바꾸었고, 일정은 날씨뿐 아니라 식사 시간과 아이가 먹을 수 있는 식당까지 함께 고려해야 했다. 하루에도 몇 번씩 유동적으로 바뀌는 일정을 조율하다 보니, 어느새 식이 시간표에 맞춰 적당히 관광하는 습관이 자연스럽게 자리 잡았다.

신과 숨바꼭질

제주에서의 시간은, 첫째 아이가 희귀 질환을 진단 받은 지 2년이 채 되지 않았던 때였다. 마음속엔 여전히 '왜?'라는 질문이 깊게 자리하고 있었다. 왜 우리 가정에게 이런 일이 주어졌는지, 왜 두 아이 모두가, 그리고 왜 내 삶에 이런 시련이 찾아왔는지를 조용히 되묻는 날들이 이어졌다.

그 질문은 자연스럽게 신에게로 향했다. 신은 어디쯤에서 우리를 지켜보고 있는 걸까, 어쩌면 너무 바빠서 아직 우리를 돌볼 차례가 오지 않은 걸까. 그런 생각들이 머릿속을 떠나지 않았다. 매일 밤, 아무런 대답 없이 지나가는 시간을 견뎌왔지만, 문득 제주에서는 무언가 다를지도 모른다는 기대가 생겼다. 어쩌면 마지막 남은 기회처럼, 오래 잊고 지냈던 교회에 다시 가보고 싶어졌다. 여전히 마음 어딘가엔, 신이든 아니든 무엇인가와 연결되고 싶은 간절한 마음이 남아 있었던 것 같다.

첫 번째 주에는 숙소 근처의 역사가 오래된 교회를 찾았다. 세 돌을 앞둔 첫째, 돌이 되지 않은 둘째와 함께라서 본당에 들어가진 못했다. 그보다 한층 위에서 유리창을 통해 본당을 내려다볼 수 있게끔 마련된 자모실(부모와 자녀가 함께 예배드릴 수 있는 공간)로 들어섰다. 문을 열자마자 여러 장난감과 과자 부스러기가 발에 밟혔다. 유아 동반 공간이니 그럴 수 있다고 생각했다. 곧 본격적으로 예배가 시작되었다. 고요한 분위기에서 경건한 태도로 예배를 드리고 싶었다. 하지만 그 공간의 모든 어른은 예배와 관련 없는 주제의 대화를 계속 이어갔고 자녀들의 장난을 주의시키지 않았다. 기도 순서에도, 찬양 순서에도 그들의 목소리까지 합쳐져 그저 소음으로만 느껴졌다. '이건 내가 기대했던 모습이 아닌데. 그냥 지금 나갈까? 아니야, 마음 한편에서 조금은 신을 그리워했잖아, 만나고 싶어 했잖아. 저 사람은 관광객이 아니라 이 지역 주민처럼 보이고 여기에 기존부터 다니던 교인처럼 보이는데 조금 지나면 조용하게 예배에 참여하겠지.'라는 생각이 내면에서 이리저리 방황했다. 곧이어 우리 아이와 다른 아이가 같은 장난감을 서로 먼저 가지고 놀겠다고 우기며 다투기 시작했다. 그 아이의 부모는 당류가 가득한 사탕과 초콜릿을 건네며 우리 아이를 달랬고 설상가상으로 우리 아이는 먹고 싶다며 그 포장을 벗겨달라고 보챘다. 더 이상 참을 수 없는 마음에 즉시 그곳을 빠져나왔다. '신이시여, 우리는 아직 서로 만날 준비가 되지 않았군요.'

두 번째 주에는 제주에서 건축물로 유명한 관광명소이자 일요일에는 관광을 금지하고 경건한 예배를 드리는 교회를 찾았다. 앞쪽에는 바다, 뒤쪽에는 산이 펼쳐져 자연을 좋아하는 우리 아이들도 만족스러워하는 경관이었다. 이번 자모실에는 우리 가정만 있었다. 가방에 챙겨온 아이들의 놀거리를 바닥에 펼쳐준 후 본당에서 진행되는 예배 모습을 전달해 주는 화면을 바라봤다. 조용히 예배를 드려볼 참이었다. 하지만 이번에는 우리 아이가 그 상황을 기다려주지 않았다. 한 시간짜리 예배는커녕 10분도 버텨주지 못했다. '그럼 그렇지.'

더 이상 제주에서의 예배에도 큰 기대를 두지 않게 되었다. 신이 어디에 계신지 애써 찾아보았지만, 아직은 그 존재가 내 눈앞에 드러나지 않았다. 그래도 보이지 않는 곳 어딘가에 신이 있을 거란 간절한 한 줌의 기대를 완전히 놓아 버리진 않기로 했다. 아니 어쩌면, 내가 아직 준비가 안 된 것일지도.

비싼 돈 내고 온
감옥

그날 새벽에도 어김없이 알람이 울렸고 어둠 속에서 간접등을 켠 채 미리 계량해 둔 전분 가루를 찬물에 섞어 옥수수 전분물을 만들었다. 첫째 아이는 정해진 양을 단숨에 마셨는데 둘째 아이는 고개를 좌우로 돌리며 강하게 거부하고 있었다. 그렇게 5분, 10분, 시간만 흘렀다. 갑자기 옆에 있던 남편이 피곤하다고 투덜거리며 손에 있던 젖병을 어둠 속으로 던졌다. 그게 하필 둘째 아이의 이마에 맞았다. 젖병은 그대로 날아가 바닥에 떨어지며 사방으로 옥수수 전분물이 튀었고, 아이는 자다가 놀라서 자지러지게 울었다.

나는 참다 못해 남편에게 소리를 높였다.

"당신 지금 이게 말이 돼? 어떻게 아이에게 이렇게 할 수 있어? 이유도 모른 채 억지로 먹어야 하는 아이 마음은 생각 안 해봤어? 어른이 조금 더 참아야 하는 거 아니야?"

남편도 한숨을 내쉬며 말했다.

"너는 아이만 힘들다고 생각하지? 나도 힘들어. 내 삶도 이제는 정말 버겁다고. 나도 내 마음을 더 이상 어떻게 해야 할지 모르겠어."

아, 그렇다. 남편의 말이 맞다. 우리도 불쌍한 처지였다. 아이들이 선천적으로 10만 분의 1 확률의 희귀 질환을 갖고 태어난 것은 남편 탓도, 내 탓도, 아이의 탓도, 그 누구의 탓도 아니다. 단지 아주 드문 확률의 상황일 뿐이다. 하지만 그동안 '환자가 가장 힘들지, 보호자의 고생은 아무것도 아니야. 가족이잖아. 부모잖아. 그렇다면 이 정도 희생은 당연한 거야. 아이들에게 이런 원치 않는 운명을 쥐여준 것만으로도 미안한 일인데, 당연히 해야 하는 간병 가지고 부모가 힘들다고 표현하면 안 돼. 힘들다는 감정을 느끼는 건 잘못된 거야.'라고 되뇌며 내면에서 솔직한 감정이 피어오르는 것을 철저히 차단했다. 그것은 잘못된 감정이라고, 못된 마음이라고 여기며 내면의 아우성을 외면해 왔다. 그게 당연한 건 줄 알았다. 괴로울 때마다 회피하고 도망가기 바빴다. 어느 순간부터는 감정이라는 것이 조금씩 사라졌다. 기쁨도, 슬픔도, 힘듦도 느끼지 못하는 지경이었다. 남편의 말을 들은 순간 이 모든 주문이 산산조각이 났다. 그제야 깨달았다. 남편도 나도 모두 힘든 상태라는 것을.

그 밤은 유난히 길고 고요했지만, 마음속에는 복잡한 감정이 끝없이 밀려들었다. 모든 것이 낯설고 멀게 느껴졌다. 살아 있다는 것조차 무겁게만 느껴지던 밤이었다. 누군가에게 이 마음을 털어놓고, 한없이 울고 기대고 싶었지만, 아직 우리 가족의 상황을 주변에 제대로 말하지 못한 상태라 누구에게도 쉽게 말을 꺼낼 수 없었다. 이런 마음을 깊이 이해해 줄 사람은 남편뿐인데, 그는 방금 전 언성을 높인 뒤 조용히 숙소를 나갔다.

어두운 방 안에는 울다 지친 아이와 나 뿐이었다. 하지만 감정에 오래 머물 여유는 없었다. 방금 마시지 못한 옥수수 전분물은 정해진 시간 안에 꼭 먹여야 했다. 나는 다시 한번 아이의 발뒤꿈치를 조심스럽게 찔러 혈당을 확인하고, 젖병을 입에 물리며 아이의 반응을 살폈다. 그렇게 또 하나의 밤이 지나가고 있었다.

식이 시간표는 물론, 한 달 동안은 아이들을 어린이집에 보낼 수도 없고 누구에게 잠시 맡길 수도 없으니 오히려 살던 집에서보다 훨씬 버거웠다. 남편은 단 1분의 자유도 없는 생활에 지쳐갔다. 아이들이 멋지다고 감탄하는 숙소가 남편에게는 비싼 돈 내고 온 감옥일 뿐이었다. 남편의 우울 증상이 다시 심해졌다. 제주에서라도 빨리 진료를 보자고 권했지만, 그때마다 남편은 약 대신 술을 마시고 들어오곤 했다. 빨간 눈으로 돌아오는 남편의 손에는 항상 무언가 들려있었다. 처음에는 공룡 스티커, 그다음에는 공룡 장난감이었다.

힘들 땐 한 가지만 생각했다. '지친 일상에서 가장 멀리 도망치기'. 지금 놓인 상황이 사실은 과거의 내가 오랫동안 바랐던 순간이다. 여기서는 무너지면 안 된다. 그렇게 된다면 더 이상 도망칠 곳도 물러설 곳도 없을 것 같았다. 정말 모든 것을 끝내고 싶을 것 같았다. 여기에서나마 긍정적인 무언가를 얻어가고 싶었다. 그렇게 나는 밑져야 본전으로 조금만 더 힘을 내보기로 했다. '여행 패턴이 정해지고 우리 넷의 용량이 정해지면 서서히 네 명의 손발이 맞아가겠지. 무리하지 말자. 앞으로도 욕심내지 말고 딱 그 용량만큼만 살자.'

우리만의 속도대로 지내는 동안 우리는 제주의 이상과 현실을 넘나들었다. 어느 날은 '떠나오길 잘했다. 제주가 내게 힘을 주는구나.'라고 생각했다가 다른 날에는 '아무리 주변 환경이 바뀌어도 우리 가정에 주어진 운명 그 자체는 변하지 않는구나.'라는 생각이 들기도 했다. 흔들리는 마음이 거짓은 아니었다. 오히려 솔직함에 가까웠다.

이런 날들 속에서도 나는 SNS에 제주살이의 화려한 모습만 올려댔다. 매일 아침 보던 성산일출봉, 낮에 걸었던 동네 골목, 제주 특유의 돌담, 여유로운 고양이, 파도, 윤슬까지. 그 사진 차제는 거짓이 아니었다. 하지만 서글픈 표정으로 올리는 내 모습은 모순일지도 모르겠다. 숙소 1층의 카페, 걸어서 10분 거리의 카페, 그 앞에 펼쳐진 넓은 바다, 매일 오후마다 들렀던 광치기 해변. 그것들을 매일 찍어 올려댄 나의 SNS는 겉만 화려한 가면일 뿐이었다.

하지만 그런 시간을 통해 깨달은 것도 있다. 제주에서도 기적은 이루어지지 않는다는 것을. 내가 해야 할 유일한 일은 더 이상 현실과 감정을 피해 도망 다니는 것이 아니라 고개를 꼿꼿이 들고 있는 일이라는 것을. 그리고 다짐했다. 이미 주어진 것들, 현재 닥친 일들, 앞으로 다가올 일들까지 모두, 두 팔을 벌린 채로 고스란히 직면하고 끌어안기로. 우리 가정, 아니 그 전에 '나'를 둘러싼 삶의 소용돌이를 그대로 뚫고 지나가는 일, 이것이 나의 역할이겠다는 생각이 들었다. 결국 제주 한달살이는 '기적이나 요행을 바라지 말고, 현실을 직면하고, 인정하고, 앞으로 살아가야 할 마음가짐'에 대해 가르쳐준 쓰디쓴 시간이었다.

돌담길의
작은 위로

숙소에서 차를 타면 아쿠아플라넷까지 2분, 섭지코지까지 4분, 성산일출봉까지 6분, 성산항까지 7분이 걸린다. 부지런한 관광객은 성산읍에서 굳이 숙박하지 않아도 하루 안에 모든 곳을 둘러볼 수 있다. 심지어 성산항에서 배를 타고 우도 관광까지 다녀오기도 한다. 보통은 하루, 길어봤자 이틀이면 다 둘러볼 수 있는 동네에 우리는 한 달을 머물렀다. 즉흥 여행이 불가능한 우리는 관광지 한 코스를 포기하고 나면 유모차를 밀고 동네를 산책했다. 천천히 걷다 보니 그동안 차를 타고 주요 관광지만 돌아다닐 때는 보지 못했던 것들을 볼 수 있었다.

골목길을 걷다 보면 돌담 아래에 할머니 두세 분이 마주 앉아 대화를 나누는 모습을 흔히 볼 수 있었다. 제주 방언을 듣고 싶어서 일부러 발걸음을 더 느리게 했지만 한 마디도 알아들을 수 없었다. 내용은 모르지만, 표정과 말투에서 여유가 느껴졌다. 느긋하고 평화로워 보였다. 당신들의 모습에 만족해하는 듯 보였다. 그렇게 걷지 않았으면 결코 보지 못했을 장면들을 보면서 마음에 안정을 느꼈다. 그 순간만큼은 시간이 멈추어 내가 그 장면으로 들어간 듯한 느낌이 들었다. 어쩔 수 없이 포기해야만 했던 관광지에 대해 아무런 아쉬움이 없었다. '딱 이 골목까지만, 아니 저 골목까지만.'이라고 생각하며 고요한 골목을 어슬렁어슬렁 걸었다. 물론 처음 가는 길이었고 지도도 켜지 않았다. '시골 돌담길이 다 이어지겠지, 뭐.'라고 생각하며 발걸음이 닫는 대로 걸었다. 작고, 낡고, 조용하고, 멈춘 듯한 풍경에서 나름의 여유를 느끼며 많은 생각을 했다. 제주 시골 특유의 고요함 덕분에 내면의 소리에 집중할 수 있었다. 낯선 곳에 놓인 우리 가족의 모습이 객관적으로 보이기도 했다. 원래 살던 집에서는 인식하기 어려웠던 부분들이 눈에 들어왔다. 그것들은 이후에 건강한 깨달음으로 이어졌다.

켜켜이 쌓아 올린 돌담, 제주 특유의 흰 모서리의 지붕, 이름 모를 해산물이 널려있는 주택 마당, 심지어 살랑살랑 흔들리는 유채꽃까지 눈에 들어왔다. 날씨는 좋고, 발걸음은 느리고, 딱히 정해진 일정 없이 천천히 걷다 보니 피곤함에 절어 살 때는 생각하지 못했던 이런저런 생각들을 하게 됐다. 뭐가 그리 바빴는지 주변을 돌보지 않고 앞만 보고 달려가던 날들, 더 멋있어 보이는 직장으로 옮기려고 허덕이던 날들, 아직 임신 중임에도 불구하고 복직 후 승진을 위한 계획까지 미리 세우던 날들이 떠올랐다. 그렇게 바쁘게 살다가 출산 후에도 신생아 육아하느라 여전히 정신이 없었다. 첫째 아이의 돌쯤, 육아에 여유가 생기려고 하니 희귀 질환을 진단받았다. 쉬지 못하고 또다시 숨이 막히던 날들이었다.

그렇게 최근 몇 년간은 몸과 마음에 여유 없이 지내왔음을 깨달았다. 며칠 간격으로 반복되는 시골 동네 골목길 산책을 통해 주변을 천천히 둘러보는 경험을 했다.

바다 위에 햇빛이 비치어 잔물결이 반짝였고, 유채꽃밭으로 쏟아지는 햇살은 포근했고, 마당의 큰 개는 나른한 듯 꾸벅꾸벅 졸았다.

이때부터였을까. 일부러 천천히 사는 방법을 터득하게 됐다. 느리게 걸으니 비로소 보이는 것들이 있었다. 무언가를 해야 한다는 강박에서 조금씩 벗어나게 됐고, 멈춰 서 있는 시간에도 의미가 있다는 것을 몸으로 느끼기 시작했다. 조용한 밤이면 창문 너머 들려오는 풀벌레 소리에 귀 기울이고, 뜨거운 햇살 아래에서는 굳이 그늘을 찾지 않고 잠시 햇볕을 즐기는 법도 배웠다. 예전 같으면 무의미하다고 느꼈을 자투리 시간이 이제는 숨 쉴 틈이 되어주었다. 무언가 이룬 날만이 아니라 아무 일도 하지 않은 하루에도 마음이 충만해지는 경험을 하고 있다.

돌이켜보면, 그전의 나는 늘 다음 목표를 향해 달리고 있었다. 지금, 이 순간은 늘 준비 과정일 뿐이었고, 완성된 적이 없었다. 그런데 골목길 산책을 통해 '지금'이 전부가 될 수 있다는 걸 알게 됐다. 유채꽃의 노란빛이 마음

속에 오래도록 머무는 것처럼, 아이의 웃음소리가 하루를 통째로 환하게 밝히는 것처럼 그렇게 나는 조용히 삶의 속도를 늦추는 중이다.

골목길의 옛집들이 겉으로 보기에 모두 가정집으로 보이지만 사실은 아닌 때도 있었다. 식당, 카페, 사진관, 심지어 요가원도 있었다. 그런 곳에서 처음 만난 사람과 대화를 나누는 일도 즐거웠다. 제주가 좋아서 무작정 내려온 후에 할 줄 아는 게 사진찍기밖에 없어서 용돈을 벌다 보니 어느덧 경력 10년이 됐다는 사진사, 제주살이를 온 줄 알았는데 알고 보니 고향에서 직업을 가진 거였던 고깃집 청년, 우리처럼 한달살이를 왔다는 가족, 아이의 초등학교 입학을 맞춰 일부러 입도했다는 가족 등 각자의 삶은 달랐다. 모든 사람은 겉으로 드러나진 않지만, 각자의 사연을 갖고 살아가고 있었다. 우리네 삶도 마찬가지다. 그래서 남의 삶과 비교하지 않기로 다짐했다. 대화를 나누다 보면 모두가 자신만의 고민과 선택의 이유가 있었다. 때로는 어쩔 수 없이 떠밀려온 선택이었고 때로는 오래도록 꿈꿔온 결단이기도 했다. 그 솔직한 이야기들을 듣고 나니 사람을 겉모습이나 현재의 모습만으로 판단할 수 없다는 사실을 다시금 깨닫게 됐다. 그들이 건네는 한마디 한마디가 낯선 여행지에서의 내 마음을 묘하게 다독였다. 이제는 누군가의 삶을 부러워하기보다는 나의 삶을 있는 그대로 들여다보려고 한다. 내가 걸어온 시간, 내가 꾸려온 하루가 소중하다는 걸, 여유를 가지고 바라볼 수 있게 됐다. 내 삶도 누군가에게는 충분히 멋진 이야기일 수 있겠다는 생각이 들었다. 그렇게 비교 대신 공감을, 경쟁 대신 응원을 배우고 있었다.

아이들과 함께 움직이니 사람들의 웃는 얼굴을 자주 볼 수 있었다. 우리 가족에게 어떤 사연이 있는지 모른 채 아이라는 존재 자체로 경계 없이, 편견 없이, 예쁘게만 바라봐주었다. 불쌍하다거나 측은하다는 느낌이 없었다. 사실 '우리 아이들은 다른 아이와 달라. 우리 가정은 다른 가정과 달라. 우리는 불쌍해.'라고 생각하며 우리 가정과 세상 사이에 스스로 담을 쌓았다. 그 울타리 안에 갇히기를 스스로 자처했던 날들이었다. 내가 상처받지 않기 위한 본능이었다. 그래서 웃지 않았고 남들의 웃는 모습 역시 보기 힘들었다. 하지만 새로운 곳에서 처음 보는 사람들의 미소가 나쁘지만은 않았다. 오랜만에 평범한 대접을 받는 게 낯설면서도 포근했다. 아무 편견 없이 아이의 눈빛과 미소에 똑같이 화답해 주는 그 찰나가 참 행복했다. 어쩌면 그 평범한 대접은 내 마음가짐에 달린 것이었다. 마음의 문을 조금 열었을 뿐인데 세상은 이미 따뜻한 얼굴을 하고 있었다. 특별한 이해가 없어도 길 위에서 마주치는 눈빛 하나에 담긴 온기가 전해졌다. 누군가는 아이의 머리를 쓰다듬으며 "귀엽다."라고 말했고, 누군가는 마주치며 미소를 지었고, 또 누군가는 그저 지나치며 아이와 눈을 맞췄다. 그 짧은 순간들이 쌓여 내 안의 경계선이 조금씩 흐려졌다. 계속해서 외롭고 단절된 기분이 들었던 건 세상이 나를 밀어낸 게 아니라, 내가 먼저 등을 돌리고 있었던 탓일지도 모른다. 물론 그 울타리는 필요한 시기도 있었다. 누군가의 시선으로부터 아이를 지키고 내 마음을 보호하기 위한 방어막이었으니까. 하지만 이제는 조금씩 벽을 허물어도 괜찮다는 용기를 내본다. 누군가 먼저 다가오지 않아도 내가 먼저 웃어볼 수도 있겠다는 마음. 그리고 그 웃음이 다시 돌아온다는 믿음. 제주는 그런 의미에서 하나의 계기가 되어주었다. 낯선 곳에서 오히려 더 편안함을 느끼고 아무 정보 없이 마주한 사람들에게서 더 진심을 느꼈다니 아이러니하다. 어쩌면 모든 변화는 환경이 아닌 내 마음 안에서부터 시작되는 것인지도 모르겠다. 이제는 스스로 담을 쌓기보다 때때로 담장 너머로 손을 흔들어보려 한다. 그렇게 조금씩 다시 세상과 연결되어 갔다.

그러다 보니 예전에는 무심히 지나쳤던 작은 친절들이 눈에 들어오기 시작했다. 숙소에서 마주치는 이웃의 미소, 우연히 마주한 동네 가게 주인의 따뜻한 말 한마디 등 이제는 그 안에 담긴 온기를 조금씩 느낄 수 있었다. 마치 같은 길을 걷고 있어도 햇살의 감촉이 다르게 느껴지는 것처럼 세상이 전과는 다른 온도로 다가왔다. 그리고 무엇보다 나 자신에게도 조금 더 너그러워졌다. 완벽하게 해내지 않아도 괜찮고 때로는 예상과 다른 결과가 발생해도 다시 시작할 수 있다는 믿음이 생겼다. 내 마음이 천천히 숨 쉴 수 있도록 허락하는 삶, 그게 내가 진짜 바라고 있던 것이었다. 앞으로도 거창한 변화보다는 이런 사소한 마음의 움직임들을 놓치지 않기로 했다. 여전히 세상은 우리 가정과 상관없이 그대로 흘러가겠지만 그 안에서도 나는 나만의 속도로 내 안의 고요를 지키며 살아가고 싶다.

이런 마음가짐이 자연스러워지려면 오랜 시간이 필요하다는 것을 안다. 제주살이를 마치고 일상으로 돌아가서도 이 마음가짐을 잊지 말고 가까운 지인들 속에서 차근차근 연습하기로 다짐했다. 반짝이는 잔물결을 바라보며 천천히 호흡할 수 있는 삶을 살아보자고 나지막이 중얼거렸다.

결국 하나의 바다

차를 타고 이동하던 중 첫째 아이가 "엄마 졸려요."라고 말한다. "거의 다 왔어, 조금만 참아."라고 답해줬지만 채 몇 분이 지나지 않아 숨소리가 바뀐다. 뒤를 돌아보면 두 아이 모두 잠들어 있다. 이럴 때는 '이럴 수가'가 아니라 '앗싸!'를 외친다. 대낮에 두 아이 모두 잠들었다니? 남편과 나만 깨어있다니? 이건 일주일에 한 번 있을까 말까 한 자유시간이다. 엄청난 해방감이 몰려온다. 물론 아이들만 두고 차에서 내릴 수도 없고, 잠든 아이들을 숙소로 옮길 수도 없다. 대신 둘만의 데이트가 시작된다.

경치 좋은 곳에 잠시 차를 세우고 한 명이 커피 두 잔을 사서 차로 되돌아온다. 차 안에서 커피를 마시고 있으면 우리 둘만의 풍경 좋은 카페가 된다. 그동안 함께 밥을 먹을 시간은 고사하고 짧은 대화를 나눌 여유조차 없었다. 비로소 진솔한 이야기를 나누며 서로를 이해하기 시작했다. 그의 사랑이 식은 게 아니었다. 각자 외로웠고 서로를 그리워했다. 가족을 지키기 위해 자신을 희생하며 노력하는 마음도 똑같았다. 맡은 역할과 견뎌내는 방식이 달랐을 뿐이었다. 2교대 하는 동료의 삶이 아니라 이렇게 천천히 흘러가는 시간이 필요했다. 쌓였던 오해가 풀리며 이 사람과 함께라면 이 힘든 삶을 같이 걸어갈 수 있을 거란 생각이 들었다. 그날 이후로 두 아이가 카시트에서 잠이 들 때마다 해안도로를 달리며 드라이브를 즐겼다.

우리가 제일 좋아하는 해안도로는 광치기 해변에서 섭지코지로 향하는 방향의 도로였다. 신양·섭지 해수욕장의 간판도 보였다. 남편은 적당한 속도로 운전하고, 나는 창문을 내린다. 강렬한 태양에 반짝이는 파도와 그런 물결을 즐기는 서핑족들이 보인다. 게다가 야자수로 둘러싸여 있으니 휴가지로서 최상의 조건이다. 이곳을 달릴 때면 늘 미소가 지어졌다. 천천히 가슴을 부풀려 숨을 깊게 마신다. 긴장이 풀리며 마음이 편안해진다. 마음에 가득했던 답답함이 빠져나가고 바다로 채워진다. 충만하다는 느낌에 두 팔을 벌려 바다를 껴안고 싶어진다. 짧은 구간이었지만 이 느낌이 좋아서 아이들이 깰 때까지 같은 도로를 돌고 또 돌았다.

몇 번을 돌다 보니 바다를 가운데 둔 채 맞은편에도 왠지 차도가 보이는 것 같았다. 동네 이름을 모르니 그저 감에 의지한 채 무작정 그쪽으로 향했다. 남편이 '우리 둘이 왔으면 저기서 맥주 한잔하면 참 좋겠는데.'라고 말했던 다람쥐 포차를 끼고 좌회전하여 좁은 골목길로 들어서니 새로운 장면이 펼쳐졌다. 좁은 2차선이었고 차를 되돌릴 만한 면적도 되지 않았다. 에라 모르겠다 하며 무작정 앞으로 달렸다.

이번에는 반대편과 다른 모습의 바다였다. 거품이 이는 높은 파도가 부딪히는 거친 모습이었다. 위험해 보이기까지 했다. 같은 바다지만 양쪽에서의 모습이 사뭇 달랐다. 마치 내 모습 같았다. 같은 바다인데도 남들에게는 제주 한달살이라는 호화로운 바캉스처럼 비치고 정작 내 현실은 거품을 무는 거친 파도와 같은 모습이니 말이다. 씁쓸한 감정이 꼬리를 무는 찰나 흰 거품을 문 파도가 둑에 부딪히며 내 정신을 깨웠다. 잔잔한 파도와 거친 파도가 결국 같은 바다인 걸 알았다. 방향에 따라 달라 보일지라도 유연하게 흘러가는 저 물결처럼 살기로 다짐했다.

그렇게 20분 정도 달리니 해안도로가 끝나고 한 블록 안쪽으로 들어가는 길이 나왔다. 빠져나오니 표선 해수욕장 이정표가 보였다. 다시 해안도로로 들어가서 반대로 20분을 되돌아오면 아이들이 슬슬 낮잠에서 깨어난다. 남편과 나는 만족스러운 데이트였다는 눈빛을 찡긋 주고받는다. 나중에 검색해 보니 우리가 달린 도로는 성산에서 온평을 거쳐 표선까지 이르는 해안도로였다.

비록 아이들 때문에 완벽하진 않았지만 반대로, 아이들이 없었다면 이런 기회조차도 없었을 것이다. 제주에서 펼쳐질 날들에 대한 두려움이 조금씩 걷히기 시작했다.

3
장

지금은
가을을 건너는 중

바다가 가르쳐준
삶의 철학

나는 바다를 무척 좋아한다. 평생 바다 냄새가 닿을 수 없는 내륙 지방에서 줄곧 자랐지만, 어릴 적부터 아빠와 자주 바다에 가서 그런지 친근하다. 가벼운 기분 전환이나 때로는 힘든 일을 마친 후의 보상이 필요할 땐 동해, 서해, 남해, 제주를 막론하고 무조건 바다를 찾는다. 바다는 내게 어떤 잔소리도 하지 않고 묵묵히 내 이야기를 들어준다. 그러고는 썰물과 함께 내 마음의 짐을 가지고 가고, 밀물과 함께 위로와 응원을 건넨다. 시작과 끝을 알 수 없는 파도의 일렁거림은 마치 거대한 바다가 내 이야기를 듣고 고개를 끄덕이는 것처럼 보인다. 그래서인지 바다에 다녀올 때마다 일상을 살아낼 원동력을 얻곤 했다.

숙소에서 광치기 해변까지는 걸어서 12분이 걸린다. 바다와 이만큼 가까운 동네에 언제 살아보겠냐며 매일 오후마다 광치기 해변을 찾았다. 남편과 나는 각자 유모차 한 대씩 담당하여 두 아이를 태우고 우리만의 장소로 걸어간다. 관광객이 많이 찾는 위치와 떨어져 있지만 우리끼리 즐기기엔 충분했다. 도착하면 당연하게 맥주 한 캔을 딴다. 네 명이 바다를 향해 나란히 앉아 각자의 시선으로 바다를 즐겼다.

며칠에 하루쯤은 첫째 아이가 바다에 내려가고 싶다고 한다. 이끼를 피해 바위를 밟고 바닷가로 내려가면 파도가 우리 발밑으로 밀려든다. 계획 없이 내려온 터라 운동화와 양말이 모두 젖는다. 서서히 단계별로 적시는 것도 아니고 한 번에 흠뻑 적신다. 도망갈 새 없이 파도에 당하고 나면 파도는 약을 올리듯이 저만치 도망갔다. '집에 갈 때까지 축축하겠네, 원래대로 말리려면 오래 걸리겠네.'라는 생각을 하고 있으면 한 번 더 적시고 도망가길 반복했다. 마치 준비 없이 당한 내 운명처럼 말이다.

분명 나는 세상이 정해준 기준대로 대학, 취업, 연애, 결혼, 출산까지 무탈하게 지내왔는데 마음의 준비를 할 시간 없이 아이들의 희귀 질환 진단이라는 파도가 내 발을 적셨다. 파도가 밀려나듯 운명을 어느 정도 받아들이고 간병하는 일상에 젖어 들었다. 하지만 곧 아이들의 저혈당 쇼크라는 파도가 다시 내 발을 적신다. 그 물은 차갑고 낯설다. 시간이 지나면 익숙해질 줄 알았다. 하지만 파도는 결코 같은 방식으로 밀려오지 않았다. 간신히 숨을 고르며 일상에 안착하려는 순간, 또 다른 파도가 예고 없이 몰려왔다. 놀라고, 당황하고, 죄책감까지 연달아 밀려 들었다. 이쯤이면 조금은 무뎌질 법도 한데 현실은 매번 처음처럼 나를 뒤흔들었다.

하지만 제주에서 머무른 한 달이라는 시간 동안 광활한 바다를 자주 마주하니 어느 날부턴가 내 발을 적신 파도는 고작 이것, 겨우 작은 것으로 보이기 시작했다. 그러면서 이런 생각이 뒤따랐다. '물결에 휩쓸려 깊이 빠져 허우적거리는 것도 아니고 물이 허리까지 차오른 것도 아니고 겨우 발끝만 젖었을 뿐이다. 이 정도쯤이면 너무 오래 주저앉아 있을 필요는 없지 않을까?' 이제는 천천히라도 일어설 준비를 해봐야겠다는 마음이 조심스레 가슴 한쪽에서 피어올랐다.

　　쉬지 않고 움직이는 물결 하나를 가만히 따라가 보았다. 넘실거리던 그것은 어느새 나를 바다 한가운데로 데려다 놓았다. 문득 생각했다. 내가 지금 정말 그 한가운데에 있다면 어떤 기분일까. 살며시 눈을 감았다. 사방이 물뿐이고 육지는 보이지 않고 아무도 없는 그 광활한 바다 위에 홀로 떠 있다면 무서울 것 같았다. 어디로 가야 할지, 이떻게 해야 할지 알 수 없는 그 막막함이 세상과 단절된 채 어떤 방향도 가늠하지 못하고 한 자리에 주저앉아 있는 나와 똑 닮았다. 생각해 보면 지금의 나는 미래에 대한 계획은커녕 다음 달의 일정조차 세울 수 없다. 아니, 더 가까운 오늘 밤 아이들의 혈당 수치조차 예측할 수 없다. 그렇게 하루하루가 안갯속처럼 흐려진다.

　　그렇다면 나는 어떤 자세로 이 바다 위에 서 있어야 할까? 지금까지의 경험으로는 이 거센 물결 속에서 누구 하나 선뜻 손을 내밀어 줄 사람이 눈에 띄지 않는다. 홀로 허우적거린다고 해서 모든 게 해결되는 것도 아니었다. 그렇다고 그저 물결에 몸을 맡기고 흘러가는 대로 두는 건 무책임하다. 어차피 방향을 알 수 없다면, 뭐라도 하면서 버텨보자고 생각했다. 열심히 팔을 저어도 내가 얼마나 앞으로 나아갔는지 알 수 없고 뒤를 돌아봐도 특별히 멀리 온 것 같지 않다. 옆을 둘러봐도 여전히 끝없는 물뿐이지만 그럼에도 불구하고 나는 계속 팔을 젓기로 마음먹었다. 언젠가 나를 도와줄 누군가가 보일 때까지 그전까지는 절대 포기하지 않겠다고 다짐했다. 그게 나에게는 하루를 버티는 방식이었다. 낮에는 아이들의 해맑은 미소를 바라보며, 밤에는 그들의 고요한 숨소리를 들으며 그렇게 나는 오늘이라는 하루를 묵묵히 살아내기로 했다.

　　또 다른 물결 하나를 바라보았다. 잔잔한 물결은 아무 말 없이 천천히 올라갔다가 이내 다시 내려왔다. 그렇게 고요한 상승과 하강을 쉼 없이 반복하고 있었다. 가만히 들여다보니 바다는 파도를 막으려 하지 않았다. 다가오는 물결을 굳이 멈추려 들지도 억지로 방향을 바꾸려 하지도 않았다. 그저 있는 그대로 받아들이고 흐름을 따라 유연히 움직일 뿐이었다. 그 모습이 마음에 오래 남았다. 우리는 살아가면서 얼마나 많은 것들을 바꿔야 한다고 믿으며 살아가는가. 뜻대로 되지 않는 현실에 저항하고 멈춰 세울 수 없는 흐름 앞에서 애써 발버둥 친다. 하지만 바다는 달랐다. 바다는 자신을 거스르지 않았다. 바꿀 수 없는 것을 억지로 바꾸려 하지 않았다. 그 태도는 내게 깊은 울림을 주었다. 생각해 보면 내 삶도 물결 같았다. 매끄럽기만 했던 적은 없었다. 성공과 실패, 기대와 실망, 기쁨과 눈물. 그렇게 수없이 반복되던 굴곡이 결국 오늘의 나를 만든 것이다. 그 굴곡이 없었다면 나는 나를 이렇게까지 알아갈 수 없었을 것이다. 인생이 늘 위쪽에만 머물 수는 없다는 것을, 그리고 아래로 내려간다 해서 끝이 아니라는 것을 이제는 안다. 삶은 언제나 흐르며 다시 또 오를 기회를 준비하고 있음을 믿게 되었다. 그래서 이제는 내 위치가 물결의 위인지 아래인지 굳이 따지지 않기로 했다. 파도의 리듬에 나를 맡기기로 했다. 저항하지 않고 흔들림조차 삶의 일부로 받아들이기로 했다. 그렇게 조금씩 힘을 빼고 물결을 따라 살아가다 보면 언젠가는 파도와 파도 사이의 고요한 틈에서 말없이 반짝이는 윤슬이 내게도 찾아올 것이다. 그 윤슬은 어쩌면 아주 잠깐일 수도 있지만 나는 그 순간을 알아보고 감사할 준비가 되어 있다. 삶의 파도 속에서도 여전히 빛을 찾아가는 법을 나는 배워가고 있다.

혼자만의 감상을 마치면 남편과 대화를 나눴다. 오늘의 일정을 되돌아보며 서로의 생각을 나누고 우리 가족의 패턴과 각자 감당할 수 있는 마음의 용량에 대해 나눴다. 오늘 지낸 이야기를 마치면 내일 일정과 앞으로의 삶에 관한 이야기를 나누기도 했다. 우리는 그렇게 오랜 시간에 걸쳐 멀어진 사이를 서서히 좁혀갔다.

강렬한 오후 햇살과 함께하는 바다도, 선선한 바람과 함께하는 바다도 좋았다. 육지에 살면서 수시로 보고 싶었던 이 풍경을 원 없이 누렸다. 바로 이것이 나의 원동력이기에 마음에 가득 채웠다. 그 순간만큼은 나는 세상에서

가장 행복한 사람이었다. 우리 넷이 함께 매일 나눴던 시
간을 각자 다르게 기억하겠지만 그 기억을 오래 간직해주
길 바란다.

무당벌레의 비행

숙소에서 신양·섭지 방향으로 12분 정도 걸으면 해수욕장에 떡 하니 위치한 대형 카페에 도착한다. 1층은 반지하의 느낌이라서 창밖의 시야는 아쉽지만, 산책로와 연결되는 출입문이 있다. 2층은 삼면이 유리창으로 둘러쳐져 있고 고운 모래와 반짝이는 바다가 한눈에 들어온다. 3층에 올라가면 더 이상 모래사장이 보이지 않는다. 그저 하늘과 바다, 그 경계 없는 넓은 푸르름만 보인다. 그곳에 앉아 있으면 마치 바다 한가운데 떠 있는 착각이 들 정도다. 바로 그 자리가 좋았다. 그 푸르름에 나의 짐을 모두 내려놓을 수 있었다. 그 파도에 나의 불안정함도 함께 떠내려 보냈다. 다시는 돌아오지 못하도록 먼바다로 보내는 연습을 했다. 멍하니 행복감에 젖어 들었다가 마음이 차분해지면 시선을 테이블로 내린다. 거기에는 내가 읽고 싶었던 책이 있다.

원래 살던 집을 떠나올 때 혹시나 하고 챙겨온 책이 몇 권 있었다. 모두 여행에세이다. 우리 가족의 결정이 도망이 아니라 여행이라는 주문을 외우고 싶어서였다. 하지만 숙소에서는 절대 읽을 수 없는 상황이다. 아이를 동반한 여행에서 책을 읽는다는 것은 헛된 바람이었다. 가끔 두 아이의 컨디션이 다를 때는 남편과 아이를 한 명씩 맡아 2인 1조로 흩어진다. 이럴 때면 나는 무조건 이 카페로 향했다. 드디어 바다를 보며 책을 읽을 수 있는 것이다. 살면서 무수히 망상했던 오랜 로망을 성취하는 순간이다. 하지만 첫째든 둘째든, 어쨌든 아이와 함께이니 오롯이 책에 집중할 순 없다. 바다 한 번, 책 한 번, 아이 한 번, 정신없이 시선을 돌린다. 이러려고 온 건가 싶어질 정도였지만 내가 좋아하는 모든 것이 내 눈앞에 한번에 펼쳐졌으니 그것만으로도 괜찮다.

처음에는 모든 감각이 창밖 풍경으로만 향했는데 여러 번 오다 보니 점점 다른 게 보이기 시작했다. 바다에서 직원의 얼굴로, 메뉴판으로, 길게 줄지은 손님들로, 각 테이블마다의 이야기들로 시선이 이어졌다. 바다가 보이는 카페. 그곳은 누군가에겐 일상이기도, 잠시 스치는 여행이기도, 나처럼 도망이나 방랑이기도 할 것이다. 같은 풍경 앞에서도 각자 다른 삶을 품고 있다. 지금의 나는 어떤 것을 얻어갈까? 그동안 딸, 학생, 사회 초년생으로서 바라보던 바다와는 분명 다를 것이다. 제주에서의 날들이 새로이 기대되기 시작했다.

여러 번의 방문 중 첫째와 둘이서 들렀을 때다. 1층 출입문을 통해 나가면 바다와 카페 건물 사이에 좁은 산책길이 있다. 그 길을 함께 걷고 돌아가려는데 아이의 속도가 점점 느려지더니 어느새 내 옆에서 사라졌다. 뒤돌아보니 쪼그려 앉아 땅바닥을 내려다보고 있었다.

"엄마, 여기 무당벌레예요."

"그러네, 엄마도 신기하다. 일어나, 이제 가자."

"어? 어, 어! 엄마! 무당벌레가 날아갔어요!"

무당벌레가 보란 듯이 날개를 활짝 펴고 다른 풀잎으로 날아갔다. 그런 모습은 나도 처음 봤다. 아이가 아니었다면 결코 보지 못했을 소중한 장면. 마치 내 인생 같았다. 뭐가 그렇게 급했는지 앞만 보고 달려가던 날들. 예상치 못한 두 아이의 희귀 질환 진단, 그것 때문에 인생 계획이 무너졌다고, 느려졌다고, 이런 불행이 어디 있냐고 원망하던 날들. 신이 있다면 목표만 바라보지 말고 나를 둘러싼 풍경을 누리며, 소중한 가족과 함께 시간을 보내며, 나를 돌보며 천천히 살아가라고 이런 상황을 주었을 거란 생각이 처음으로 들었다.

나는 시간을 허투루 쓰는 것을 좋아하지 않는다. 집안일을 할 때도 시간이 가장 오래 걸리는 세탁기를 먼저 돌려놓고, 설거지한 후, 물기가 마를 동안 바닥을 청소한다. 그러면 세탁기가 끝났다는 알람이 울리고 세탁물을 건조기로 옮겨놓고 외출하고 돌아오면 빨랫감도 마르고 식기류도 건조되어 있다. 그렇게 살다 보니 어느새 무엇이든 빠르게 하려는 습관이 생겼다. 하지만 첫째 아이와 하필 그 시간에 그곳에 있던 무당벌레 덕분에 '삶을 조금은 천천히 대할 필요도 있지 않을까?'라는 생각을 처음으로 하게 됐다. 이미 바쁠 대로 바빠진 마음의 속도를 스스로 줄이는 방법을 몰랐다. 그저 우리 아이들을 따라 해보기로 했다. 아이가 부르면 발걸음을 멈추고 시선을 따라가보기로. 시선이 한곳에 머무르던 천천히 옮겨지던 아이의 속도에 맞춰보기로. 멈춘 곳에서 발견한 것이 작은 것일지라도 그 순간을 충분히 누리기로.

또한 아이들은 노는 것, 먹는 것, 자는 것, 그 어느 부분에서도 현재의 즐거움을 취한다. 본인을 즐겁게 하는 모든 것들을 미루지 않는다. 그뿐 아니라 "엄마, 이것 좀 보세요!", "엄마, 같이 놀아요!"라며 자신이 느낀 기쁨을 사랑하는 사람과 함께 나누려고 한다. 그래서 아이들은 어른보다 웃음이 많은가보다. 나도 아이들처럼 행복하기를 미루지 않기로 했다.

'그래. 지금, 이 순간을 즐기자. 이 시간을, 이 바람을, 이 햇살을, 아이의 웃음소리를 고유의 속도대로 느끼자. 이 숲길을, 이 공기를 깊게 들어 마시고 천천히 걷자.'

아이는 종종 나와 눈을 맞추며 미소로 말한다.

'엄마도 지금 나랑 똑같은 것을 느껴?'

'응. 그래서 행복해.'

아이의 마음에
귀 기울이며

제주 한달살이를 시작할 때 첫째 아이는 아직 세 돌이 채 되지 않았고, 둘째 아이는 돌이 되지 않은 아기였다. 자연스럽게 우리의 하루 일정은 첫째 아이의 리듬과 관심사에 맞춰 조율되었다. 둘째 아이는 영문도 모른 채 형과 함께 1+1세트처럼 어디든 따라다니는 존재였지만 고맙게도 새로운 환경 속에서 한 번도 투정을 부리지 않았다. 오히려 늘 눈을 동그랗게 뜨고 이리저리 고개를 돌리며 낯선 풍경을 흡수하듯 바라보았다. 모든 것이 처음인 그 아이에게 제주라는 공간은 탐험지였고 우리는 그저 그의 여정을 곁에서 지켜보는 동반자였다.

작고 말랑한 두 아이를 품에 안고 낯선 땅에서 살아 보겠다는 결심은 다소 무모하게 느껴질 수도 있었다. 낯선 환경에서 아이들의 컨디션을 고려하지 않으면 하루가 엉망이 되기 일쑤이기 때문이다. 게다가 제주라는 도시는 어른에게는 매력적인 관광지일지 몰라도, 유모차를 끌고 다녀야 하는 가족에게는 꼭 그렇지만은 않았다. 초반엔 '제주에 왔다!'라는 흥분에 사로잡혀 이름난 카페와 음식점을 찾기 바빴다. 하지만 절반은 노키즈존이었고, 나머지는 긴 대기 시간 때문에 아이들의 낮잠과 식사 시간을 맞추기가 어려웠다.

몇 번의 시행착오를 겪고 나서야 우리 가족만의 루틴이 생겼다. 우리에게 익숙하고 아이들이 편안해할 수 있는 공간 몇 군데를 골라두고 날씨와 기분에 따라 그곳을 여러 번 찾는 식이었다. 처음엔 똑같은 곳을 반복해서 가는 것이 의미가 있을까 싶었지만, 아이들과 함께하는 일정에서는 익숙함이 오히려 가장 큰 안정감을 주는 자원이 되었다.

아침이 되면 첫째 아이는 기지개를 켜며 당연한 듯 물었다.

"오늘은 어디 가요?"

"주원이는 오늘 뭐 하고 싶어?"

"상어 집에 가고 싶어요!"

그 짧고 단순한 대화 한 마디로 그날의 계획이 결정되곤 했다. 아이가 원한다면 그날은 '상어의 날'이 되는 것이다. 날씨가 좋다면 바닷가로 나가 파도를 쫓아다니고, 비가 오는 날엔 실내 수족관이나 물고기와 관련된 책을 읽으며 시간을 보냈다. 그렇게 아이의 관심사를 중심으로 하루를 꾸려나가는 일은 생각보다 근사했다. 이전에는 내가 짜놓은 일정표대로 아이를 이끌었다. 이건 좋을 거야, 이건 꼭 해봐야 해 그런 일방적인 선택들. 그림책도, 교구도, 활동도 늘 내 중심이었다. 하지만 제주에 와서 하루하루 아이의 마음을 묻고, 아이의 욕구를 존중하는 과정을 반복하다 보니 아이 중심이라는 말의 의미를 처음으로 제대로 체감하게 되었다. 이 습관은 어느새 내 일상에 깊이 스며들었다. 아이가 단순히 보살펴야 할 대상이 아니라,

하나의 인격체로서 존중받아야 하는 존재임을 온몸으로 배우는 시간이었다.

이런 태도는 결국 우리가 아이들의 희귀 질환을 대하는 방식에도 영향을 주었다. 처음엔 두려움, 죄책감, 그리고 세상과의 거리두기 등의 내 감정이 앞섰다. 아이들을 지키고 싶은 마음이 너무 컸기에 오히려 사람들과 선을 긋고, 내 안으로 숨는 쪽을 택했다. 하지만 아이와 하루하루 살아가면서 이 질환의 주인공은 내가 아니라 아이들이라는 것을 문득 깨달았다. 나의 감정에만 머물러 있기엔 아이들이 살아갈 인생은 너무 길고, 그들이 바라보는 세상은 내 시선과 다를 수 있다. 어쩌면 아이들은 나보다 훨씬 유연하고, 긍정적으로 자신들의 상황을 받아들일지도 모른다. 나는 그 가능성을 믿고 싶어졌다.

그래서 마음속에 작은 다짐을 하나 새겼다. 아이들이 언젠가 자신의 병을 이해하게 되는 날, '엄마는 항상 너희들 편이었고, 너의 가능성을 먼저 봐주었어.'라고 말할 수 있도록 내가 먼저 울지 않고, 먼저 두려워하지 않고, 아이들이 나아갈 길을 함께 걸어주는 사람이 되기로 말이다.
그건 아마, 제주에서 매일 아침 "오늘은 어디 가요?"라고
묻는 아이의 질문에 진심으로 대답하려 애썼던 그 시간
덕분이리라.

마음의 울타리
걷어내기

과일을 좋아하는 첫째 아이를 위해 열대과일 농장을 찾았던 날이었다. 농장에 도착하자 입구 잔디밭이 먼저 눈에 들어왔다. 마치 봄 소풍이라도 나온 듯 노란 티셔츠를 맞춰 입은 유치원생들이 잔디 위를 활기차게 뛰어다니고 있었다. 아이들의 웃음소리는 부드러운 바람을 타고 멀리까지 퍼졌고 그 생기 넘치는 풍경에 우리 첫째 아이의 눈이 순식간에 반짝였다. 내가 무언가 말하기도 전에 아이는 두 팔을 벌리고 그 무리 속으로 달려 들어갔다.

"주원아, 이리 와! 형들 노는데 방해하지 않아요!"

소리쳐 불러봤지만 이미 아이는 내 목소리가 들리지 않는 거리에서 다른 아이들과 함께 웃고 뛰고 있었다. 잡기 놀이를 하며 이리저리 몸을 움직이는 아이들 사이에서 주원이는 금세 스며들었다. 마치 오래전부터 그 무리에 속해 있었던 것처럼 자연스럽고 당당했다.

그 순간 문득 아이들은 참 신기하다는 생각이 들었다. 서로 이름도 모른 채 어떤 배경도 알지 못하면서도 단지 또래라는 이유만으로 금세 친구가 되고 함께 웃고 뛴다. 경계도, 주저함도 없었다. 어른들 사이에서는 오랜 시간과 조건, 이해와 계산이 필요하지만, 아이들은 그런 것 없이 순식간에 하나가 된다.

나는 그동안 아이가 또래와 잘 어울릴 수 없을 것이라 지레짐작하고 있었다. '특별한 아이'라는 말 뒤에 숨어 우리 가족을 조심스럽게 보호해왔다. 그 보호는 사랑이라는 이름을 달고 있었지만, 사실은 두려움이었다. 나 스스로 만든 선 안에 아이를 가둔 채 세상으로부터 멀찍이 떨어뜨려 놓고 있던 것이었다. 그런 내 편견을 깨뜨린 건 아이들의 소란스러운 웃음소리와 그 속에 너무도 자연스럽게 스며든 내 아이의 뒷모습이었다.

'주원아, 주호야. 엄마가 이제는 그 선을 지울게. 다른 아이들과 비교하지 않고, 너희를 있는 그대로 바라볼게. 단지 너희가 존재한다는 것만으로 아주 사랑스럽고 소중하다는 걸 잊지 않을게.'

그날의 다짐은 단순한 약속이 아니었다. 아이들과 내가 함께 만들어가는 일상의 방향이 조금씩 바뀌고 있음을 느끼는 순간이었다. 부모라는 이름으로, 보호자라는 책임으로, 아이를 지켜야 한다는 이유로 나는 자주 대신 선택했고, 대신 판단했고, 때로는 대신 상처받기도 했다. 하지만 그 모든 것은 결국 세상과 아이 사이에 조용한 벽을 쌓는 일이었다. 아이가 진짜 원하는 것을 묻기보다 내가 괜찮다고 여기는 기준으로만 세상을 보여주려 했다. 아이의 마음을 깊이 들여다보지 않고 그저 어리니까, 아직 모르니까, 더 지켜줘야 하니까 등의 핑계로 마음을 닫아두고 있었다.

잔디밭 위에서 아이들이 만들어낸 그 작은 사회는 놀랍도록 평등했다. 그들은 누구에게도 질문하지 않았다. "너는 왜 말이 느려?", "왜 이렇게 배가 볼록해?" 같은 질문은 없었다. 아이들은 그저 '같이 놀 수 있다면 좋다.'는 단순한 원칙 하나로 충분했다. 그것이 얼마나 순수하고 강력한 힘인지 나는 그날 처음으로 깨달았다.

한참을 멍하니 서서 그 장면을 바라봤다. 아무런 조건도, 의심도, 계산도 없이 어른인 나는 도무지 이해할 수 없는 방식으로 아이들은 이미 서로에게 마음을 열고 있었다. 그리고 그 중심에서 내 아이가 다른 아이들과 똑같이 웃고 똑같이 숨이 차오르도록 뛰어다니는 모습을 보고 있자니 가슴 한쪽이 찌르르하게 울렸다. 그건 기쁨이자 안도였고 무엇보다도 나에 대한 부끄러움이었다. 왜 이렇게 오래 걸렸을까.

그날 이후 나는 조금 달라졌다. 아이들이 처음 만나는 사람이나 공간 앞에서 망설일 때 예전보다 더 여유를 갖고 지켜볼 수 있게 되었다. '안 된다'라는 생각보다, '혹시 괜찮지 않을까?'라는 가능성을 먼저 떠올릴 수 있게 되었다. 어쩌면 이게 우리가 부모로서 매일 조금씩 성장하는 방식인지도 모르겠다. 아이들이 스스로 세상과 만나고, 스스로 어울리며 자신만의 관계를 만들어갈 수 있도록 한발 물러서 줄 용기. 나아가 자신의 상태를 스스로 정의하고 타인에게 직접 설명하는 일. 그건 어쩌면 가장 어려우면서도 동시에 가장 필요한 부모의 덕목일 것이다.

물론 여전히 불안은 있다. 내 아이가 상처받지 않을까, 혹시 어딘가에서 소외되진 않을까 하는 마음은 매번 새롭게 고개를 든다. 하지만 그 불안을 아이에게 고스란히 전하지 않기 위해서는 내 안의 목소리를 잠시 내려놓고 아이가 스스로 선택하고 느끼도록 해줘야 한다는 것을 이제는 안다. 우리가 아이를 진심으로 믿어줄 때 아이는 그 믿음을 바탕으로 자기만의 세계를 만들어갈 수 있다. 완벽하게 해주는 부모보다 아이가 실패하고 넘어질 때 그 옆을 묵묵히 지켜줄 수 있는 부모가 되어야겠다고 처음 만난 아이들 사이에서 웃고 있는 첫째 아이를 바라보며 다짐했다.

아이들은 우리보다 훨씬 단단하고 동시에 유연한 존재다. 그 단단함과 유연함을 믿어주는 것이 부모의 역할이라면 나는 오늘도 조금 더 느슨한 마음으로 아이 곁에 서 있으려 한다. 아이가 자기 세계를 마음껏 탐험할 수 있도록 내가 해줄 수 있는 가장 좋은 일은 그 여정을 방해하지 않고 믿고 기다리는 것이다. 그 믿음 위에서 아이는 자란다. 그러니까 나는 오늘도 '대신'이라는 울타리를 걷어내고 기다리는 사람이 되기로 한다.

아이의 시선으로
발견한 즐거움

첫째 아이는 바다 동물을 좋아한다. 상어 집에 놀러 가자는 말도 자주 했다. 매일 오후 광치기 해변에 가고 바다가 보이는 카페도 자주 가고 대형 수족관과 물고기 카페도 이미 여러 번 다녀온 상태라서 새로운 곳을 보여주고 싶었다. 검색하던 중 '제주 해양 동물 박물관'을 알게 됐다. 건물 내에서 다양한 해양 동물을 볼 수 있고 몇 마리의 상어와 물개 등은 실물과 비슷한 크기로 접할 수 있어서 아이가 좋아하겠다고 생각했다.

아이가 좋아해 주리라 기대하며 입장했는데 이게 웬

걸? 5분도 되지 않아 출구로 나가려는 것이다. 입장료가 아까운 마음에 출구 직전에 있는 퍼즐 코너에 아이를 붙잡아두었다. 효과는 몇 분 가지 않았다. 다시 로비로 나오니 관람을 마친 아이들을 대상으로 한 미술 활동이 있었다. 아이는 그것 또한 협조해 주지 않았다. "다음에 올게요."라며 서둘러 건물 밖으로 나왔다. 입장한 지 10분 만에 나오다니 너무 허무했다. 돈도 아깝고, 내 마음을 몰라주는 아이가 살짝 얄밉기도 하고 옆에서 한숨을 푹푹 쉬어대는 남편의 눈치도 보였다.

당황하던 도중에 아이가 어디론가 달려갔다. 들어올 때는 보이지 않던 공간이 눈에 들어왔다. 건물 밖에 마련된 숲 놀이터였다. 나무로 만들어진 놀이시설에 알록달록한 물감이 칠해져서 마치 동화 속에 들어온 듯한 느낌이었다. 아이는 이리저리 뛰어다니며 어떤 시설에 먼저 올라갈까 고민했다. 미끄럼틀, 징검다리, 외나무다리 건너기, 나무 위 작은 집에 오르내리기 등을 수없이 반복했다. 마치 해양 동물을 보러온 것이 아니라 숲 놀이터를 위해 이곳에 온 듯 보였다.

아이가 박물관을 기대만큼 즐기지 못하고 일찍 나가자고 했을 때, '우린 여기랑은 잘 안 맞는 걸까. 다시 올 일은 없겠네.' 하는 생각이 잠시 스쳐 지나갔다. 하지만 그 순간, 아이가 뜻밖의 무언가를 발견했다. 내 예상과는 조금 달랐지만, 덕분에 우리는 그곳에서 즐거운 시간을 한참 동안 보낼 수 있었다. 놀이시설에 오르내리기를 반복하며 해맑게 웃는 아이는 마치 '엄마, 저 나름대로 이 시간을 즐기고 있어요.'라고 온몸으로 표현하는 듯했다.

우리 가정에 주어진 질병 역시 한때는 내 의도와 다른 것, 내 인생 계획을 망쳐버린 것, 일상을 갉아먹는 것이라고 여겨왔다. 미래를 향해 차곡차곡 쌓아오던 계획 위에 무겁게 내려앉은 돌덩이 같았다. 매 순간 무엇을 선택해도 그 뒤에 따라오는 불안과 걱정은 지울 수 없었다. 아이가 아프다는 사실은 단순한 현실 그 이상의 무게로 다가왔고 마치 그 돌덩이를 들고 하루하루를 버텨내야만 하는 사람처럼 나는 자주 무력감을 느꼈다.

하지만 이제는 조금 다르게 바라보려 한다. 완벽히 이

해할 수 없어도 여전히 이해하기 어려워도 '이런 상황 속에서도 반짝이는 무언가를 발견할 수 있지 않을까?'라는 질문을 스스로 조심스레 던질 수 있게 됐다. 내 기대가 빗나간 자리에 실망만 놓여 있는 것이 아니라 전혀 다른 방식으로 빛나는 가능성이 숨어 있다는 걸 아주 조금은 믿어보기로 했다.

그날 숲 놀이터에서 뛰놀던 아이가 '해양 동물'이 아닌 '숲속 놀이'에서 기쁨을 찾듯, 우리가 바라보는 방향과는 다른 지점에 행복이 놓여 있을 수도 있다는 사실을 마음 깊이 받아들이기 시작했다. 기대한 방식으로 즐기지 않아도 괜찮다는 것, 계획대로 흐르지 않아도 그 안에서 아이는 자기만의 방식으로 살아 있고 웃고 있다는 것, 내가 정성을 쏟았던 어떤 것이 뜻대로 되지 않을지라도 그 이면에는 전혀 다른 색깔의 빛이 숨어있다는 것, 그리고 그것은 눈에 잘 띄지 않지만 발견하려는 마음이 있는 사람에게는 반드시 보인다는 것을 이제는 안다.

그래서 이제는 '이 일이 왜 나에게 일어났을까?'라는

질문보다 '이 안에서 무엇을 배울 수 있을까, 무엇을 발견할 수 있을까?'라는 질문을 더 자주 던지게 된다. 삶은 여전히 어렵고, 감정은 쉽게 다스려지지 않지만 그럼에도 불구하고 내가 아이와 함께 웃을 수 있는 시간을 발견할 수 있다면 그것만으로도 다시 살아갈 이유가 된다는 것을 알게 되었다. 그리고 그런 작고 반짝이는 순간들이 결국엔 우리 삶을 단단하게 이끌어주는 힘이 된다는 것도. 아주 천천히, 조금씩 그렇게 믿게 되었다.

아이의 순수함으로 지우는
나의 눈물

첫째 아이는 어느 곳에 가든 상황극을 즐겼다. 어느 동굴에 들어갔을 때도 "엄마, 우린 길을 잃었어. 여기 너무 무서워. 독수리가 나올 것 같아."라며 울상을 지었다가, "앗! 저기 빛이 보여! 저쪽으로 가보자!"라며 탐험 놀이를 하곤 했다. 자신이 좋아하는 그림책의 모험 이야기를 떠올리며 즉흥 상황극에 심취한 것이다. 대형 수족관에 갔을 때는 "여긴 상어 집이야. 우린 바닷속에 들어왔어."라고 이야기하며, 허공에서 양팔을 휘저으며 "엄마, 저 수영 잘한다고 말해줘요."라고 했다. 멸치 반찬을 먹을 때는 바다에서 작은 물고기들을 잡아먹는 모사사우루스 놀이를 해야 했고 고기반찬을 먹을 때는 육지의 사냥꾼 티라노사우루스 놀이를 해야 했다. 아이가 원한다면 나도 기꺼이 상어와 공룡으로 변신했다.

자신만의 세계를 세우고 그 안에서 즐거움을 만끽하는 순수한 아이가 부러웠다. 겉으로 보이는 모습과 자기 내면이 같은 것이 참 대단해 보였다. 나는 아이들이 희귀 질환을 진단받은 이후부터 내내 내가 만든 가면을 쓴 채로 나의 세계에서 벗어나고자 발버둥 치고만 있었기 때문이다. 주변 사람들에게 아이들의 진단 사실을 알리지 않았고 오히려 SNS에는 잘 지내는 척 열심히 포장했다. 이제는 나도 아이들처럼 솔직하고 일관된 태도로 내게 주어진 세계 안에서 어떻게 하면 조금이라도 자유로울 수 있는지 그 방법을 터득해 보기로 결심했다.

제주에서 깨달은 것들이 앞으로 내가 희귀 질환 가정으로서 정면으로 부딪칠 수많은 상황 앞에서 주눅 들지 않고 당당하게 마주할 수 있는 내면의 바탕이 되어주기를 바란다. 단지 통계 속의 소수라는 이유로 가벼운 취급을

당하거나 안타까움이라는 이름으로 한 걸음 물러선 시선을 받지 않기를 바란다. 우리 아이들이 살아갈 세상이 그들의 조건이나 배경을 기준으로 가능성을 제한하지 않는 세상이 되기를, 아픔이 곧 불행이나 불완전함으로 인식되지 않고 그 모습 그 자체로 존중받는 건강한 사회 문화가 자리 잡기를 간절히 바란다.

아이들이 살아가는 이 사회가 누군가의 특별함을 짐으로 여기기보다 그들의 존재가 세상을 더 풍요롭게 만든다는 믿음을 품었으면 좋겠다. 그 믿음 속에서 내 아이가 자신의 질병을 감추거나 설명해야 하는 존재가 아니라 그냥 그 모습 그대로 인정받고 환대받을 수 있기를 바란다. 희귀 질환을 향한 사회의 인식과 감정이 한 단계 더 성숙해지기를, 그래서 언젠가는 우리 같은 가족이 더 이상 특별한 경우로 분류되지 않기를, 우리도 평범하게 사랑받고 살아갈 수 있음을 세상이 조금 더 빨리 알아차려 주기를 바란다.

제주에서의 한 달은 때로 고요했고 때로 거칠었다. '이럴 거면 왜 여기까지 왔지?' 하고 혼란스러워질 때도 분명히 있었다. 내가 꿈꾸던 이상적인 쉼과는 거리가 멀었고 하루하루가 순탄하거나 아름답지만은 않았다. 하지만 그 안에서 놓치지 않고 붙잡은 순간들이 있었다. 혼돈 속에서 미세하게 스며들던 평안, 무너진 감정 위에 아주 조용히 내려앉던 이해, 그리고 절망의 끝에서 발견한 작고 단단한 희망의 조각들이다.

제주의 바람과 햇살, 아이들의 웃음소리, 그리고 나무 그늘에서 문득 마주한 내 마음속 목소리는 혼란스러운 마음을 가만히 들여다볼 수 있는 용기, 아픔 속에서도 의미를 찾고자 하는 의지, 그리고 무엇보다 나와 내 가족이 지금 이대로도 충분히 아름답다는 깨달음을 주었다.

제주에서 찾아낸 그 빛들은 내 마음속 어두운 방들을 하나씩 밝혀주기 시작했다. 한꺼번에 밝아지진 않았지만, 분명히 서서히 퍼져나갔다. 그리고 이제 나는 조금 더 단단해졌다. 앞으로의 길이 여전히 험하고 예측 불가능할지라도 그 길을 가는 내 발걸음이 더는 흔들리지만은 않을 것 같다는 확신이 든다. 왜냐하면 빛은 언제나 가장 어두운 곳에서부터 시작된다는 것을 나는 알고 있으니까.

두운 곳에서부터 시작된다는 것을 나는 알고 있으니까.

교통의 정체 속,
아이 웃음이 길을 뚫다

한 달 가까운 시간을 제주에서 보내며, 자연스레 하나의 사실에 마음이 머물렀다. '삶의 겉모습을 바꾼다 해도, 본질이 단번에 달라지지는 않는다.'라는 것이다. 신은 여전히 조용했고, 주변 환경이 바뀌어도 아이들을 돌보는 일정은 여전했다. 몸과 마음의 피로도 쉽게 가시지 않았다.

그러던 중, 조금씩 다른 변화가 마음 안에서 자라나기 시작했다. 반복되던 일상을 이제는 탁 트인 바다와 고요한 시골 풍경 속에서 마주하게 되었다는 점이다. 익숙한 공간을 벗어나 새로운 곳에서 나를 바라보니, 작은 여유가 싹트기 시작했다. '상황은 그대로일지라도, 내가 그것을 바라보는 태도는 바꿀 수 있겠구나.' 그 사실을 천천히 깨닫게 되었고, 지금도 조금씩 연습하는 중이다.

하지만 남편은 아직도 답답하다고 했다. 괴로웠던 마음이 조금은 좋아졌지만, 여전히 마음 한구석엔 응어리가 남아있다고 했다. 살던 집에서 제주로 환경을 바꾼 것처럼 제주에서도 동쪽에서 서쪽으로 장소를 이동해보고 싶다고 했다. 그것이 그에게 도움이 된다면야 무엇이든지 해볼 작정이었다. 얼마 남지 않은 시간을 마음껏 활용해 보라고 모든 결정권을 그에게 줬다. 그는 급하게 한림읍 협재리에 2박짜리 숙소를 구했다. 서둘러 집을 정리하고 우리는 동쪽에서 서쪽으로 또다시 도망쳤다. 남은 응어리는 서쪽에서 풀 수 있겠다는 기대에서였을까, 운전하는 내내 남편의 눈이 반짝였다. 무언가 기운이 좋았다.

설렘을 가득 안고 도착한 곳에선 당혹스러운 장면이 펼쳐졌다. 숙소에 가려면 큰 도로 안쪽으로 두 블록 정도 들어가야 했다. 진입할 수 있는 골목은 한 개뿐이었는데

하필 도로공사를 하는 중이었다. 안 그래도 좁은 골목길
에 각종 공사차가 있었다.

'우리 차가 저 사이를 지나갈 수 있을까?'

남편이 한숨을 쉬려는 찰나 첫째 아이가 소리쳤다.

"저기 봐요! 포크레인이에요! 포크레인이 땅을 파
요!"

안 그래도 멀리서 지나갈 수 있을지 대략적인 간격을
파악하느라 머리가 복잡한데 아이까지 큰 소리로 떠들어
서 머릿속은 더욱 시끄러워졌다.

"우와! 불도저도 왔네요!"

"주원이 포크레인이랑 불도저 실제로 봐서 좋아?"

"우와 진짜 크다~"

아이는 여전히 내 말을 듣지 못한 채 눈을 반짝이며
감탄을 이어갔다. 마치 그 순간의 모든 것이 경이로운 신
세계라도 되는 듯 작은 바람 한 줄기에도 "와!"하고 반응
하는 그 모습이 어쩐지 귀엽고 기특했다. 당황스럽고 짜증
이 날 법한 상황 속에서 아이는 그저 새로운 경험이라는
선물 상자를 풀어가듯 여유롭고 들뜬 얼굴이었다. 나도

모르게 풉 하고 웃음이 터졌다. 웃음 속에는 약간의 민망함도, 약간의 안도감도, 그리고 아주 조금의 부러움도 섞여 있었다.

그 순간 아이를 바라보며 똑같은 상황을 마주하고도 바라보는 관점에 따라 받아들이는 감정이 이렇게까지 다를 수 있다는 것을 문득 깨달았다. 나는 조금 전까지만 해도 '이 길은 왜 이렇게 좁아? 왜 사전에 확인하지 않았지?' 하며 조급하고 불편한 마음에 사로잡혀 있었는데 아이는 그 순간을 하나의 놀이처럼 받아들이고 있었다. 마치 "이 길도 모험이네!"라고 말하듯 두 눈을 반짝이며 고개를 돌려가며 주변을 탐색했다. 예상치 못한 순간이 당황스럽지 않은 것도 아니고 불편함이 사라진 것도 아니었지만, 아이가 가진 순수한 해석의 힘이 그 불편을 덜어주는 역할을 하고 있었다. 나도 그 능력을 갖추고 싶었다. 어른이 되면서 잃어버린 줄 알았던 감정, 생각의 여백, 순간을 있는 그대로 받아들이는 마음. 그 모든 것이 아이 안에는 자연스럽게 살아 있었다.

그래서 다짐했다. 앞으로의 삶이 지금처럼 고단하고 예측 불가능하더라도 그 속에서 나 역시 조금은 아이처럼 긍정과 감사를, 그리고 여전히 존재하는 희망과 작게나마 펼쳐질 미래를 찾아보자고. 대단하거나 거창하지 않아도 좋으니, 하루에 단 한 가지라도 좋은 것을 기억하려고 애써보자고. 남편도 비슷한 생각을 했는지 다시 핸들을 잡았고 우리 차는 간신히 그사이 좁은 길을 빠져나올 수 있었다.

마침내 숙소에 도착했고, 아이들은 곧바로 물놀이를 하고 싶다고 말했다. 조금의 망설임도 없이 우리는 협재 해수욕장으로 향했다. 첫째 아이는 바다에 풍덩 뛰어들었다. 물방울이 얼굴을 때리고 바닷물이 눈에 들어가도, 그 저 흰비탕 깔깔거리는 웃음이 이어질 뿐이었다. 신기하게 도 우리는 제주에 머문 지 거의 한 달이 되어가도록 제대 로 된 물놀이는 이날이 처음이었다. 옷이 젖을까 봐, 날씨 가 흐리니까, 내일 하자는 이유로 자꾸만 미루고 있었다. 그런데 그렇게 아껴둔 시간은 결국 아이들보다 어른들을 위한 계산이었음을 알았다.

집으로 돌아갈 날이 겨우 두 밤밖에 남지 않았다는 사실이 아쉬웠지만, 동시에 두 밤이나마 아직 남은 시간이 있다는 것이 다행이었다. 무엇을 계획하지 않아도, 무엇을 해내지 않아도, 아이들과 함께 웃으며 물을 튀기던 그 순간이 내게는 충분한 제주였다.

가장 빛나는 시간은 언제나 예상하지 못한 틈 사이로 들어온다는 것을, 그리고 그 시간을 진심으로 즐기는 방법은 어른이 가진 기준을 잠시 내려놓고 아이처럼 바라보는 일이라는 것을 이제는 알 것 같다. 삶이란 결국 그렇게 함께 젖고 웃는 하루하루의 모음이 아닐까.

여러 색의 바다,
여러 빛의 인생

예상대로 새로운 곳에서의 2박 3일은 짧았다. 첫째 날은 동쪽에서 서쪽으로 이동했고, 셋째 날은 짐을 빠짐없이 챙겨 공항으로 가야 하기 때문이다. 그사이에 우리는 두 번의 물놀이를 했고 남편과 나는 서로에게 온전한 혼자만의 시간을 선물해 주었다. 남편은 예전부터 가보고 싶던 맛집에 혼자 가서 아이들의 방해 없이 편하게 식사하고 왔다.

내 차례가 되자마자 가까운 카페에 간 후 바다가 가장 잘 보이는 자리에 앉았다. 진한 녹색과 싱그럽고 여린 초록이 어우러진 비양도, 멀고 깊은 파란색부터 고요한 에메랄드가 따뜻하고 투명한 파도가 되어 모래를 적시기까지 여러 겹의 층을 이룬 바닷가, 거기에 한낮의 햇살까지 더해지니 한 폭의 반짝이는 그림 같았다. 바다를 계속 보다 보니 특별한 점이 보였다. 협재 바다의 색이 한 가지 색이 아니라 여러 가지 색채로 층을 이루었다는 점이다. 우리는 보통 바다를 푸르다고 이야기하지만, 실제 바다는 푸르다는 한 단어로 정의할 수 없었다. 투명하기도, 푸르스름하기도, 녹색을 띠기도, 회색을 띠기도 했다. 바다가 정말로 한 가지 색이었다면 어딘가 심심하지 않았을까? 여러 색채가 모여 더욱 풍요로워졌다. 우리의 삶도 여러 색채가 켜켜이 쌓인 것과 같다. 기쁨과 슬픔, 희망과 낙망처럼 여러 경험을 통해 완성된다. 산다는 것은 그러하다.

그 장면을 지긋이 바라보다가 눈을 살짝 감았다. 눈을 감으니 그제야 들려오는 소리가 있었다. 파도가 다가오는 소리, 모래를 쓸고 다시 나가는 소리, 첨벙첨벙 물장구 치는 소리, 그 사이사이에 끼어있는 웃음소리. 모두 멀리 있는 소리이지만 바람을 타고 내게 왔을 땐 그 행복이 배가 되어 들려왔다. '아, 좋다.' 이것이 진정한 평온이었다. 그 시간은 남편과 바다와 제주가 힘을 합쳐 내게 준 선물이었다. 혼자서 두 아이를 돌보는 것을 힘들어하던 남편이 나에게 이런 시간을 주다니, 그래도 한 달 동안 그의 마음에 무언가 변화가 있긴 있었나 보다. 마음이 찌르르 울리며 눈물이 고였다. 이 순간을 잊고 싶지 않아서 사진으로 남겨두었다.

처음 숙소를 나섰을 때는 반팔을 입고 물놀이를 하는 사람들이 있을 정도로 포근했다. 그들의 웃음소리를 듣고 있는데 갑자기 시커먼 구름이 몰려오더니 야자수가 뽑힐 정도로 흔들렸다. 그대로 굵은 비가 쏟아졌다. 순식간에 아수라장이 됐다. 어쩔 줄 모르고 다 맞고 서 있는 사람, 서둘러 실내로 들어가는 사람, 가지고 온 비상용 외투를 입는 사람들이 있었다. 카페 2층 창가에서 그런 모습을 내려다보니 생각지 못한 사건을 마주하는 우리네 인생이 떠올랐다.

살다 보면 아무런 예고 없이 들이닥치는 순간이 있

다. 조금 전까지 웃고 있었던 사람도 단 몇 분 사이에 혼란 속에 휩쓸린다. 이해할 수 없는 일을 마주하기도 하고 아무리 애써도 해결되지 않는 문제 앞에서 무기력해지기도 한다. 그럴 때면 철저한 계획보다 중요한 것은 결국 대처하는 힘이라는 사실을 깨닫게 된다. 준비된 우산 하나보다 젖는 상황을 받아들이는 마음의 여유가 더 필요한 순간이다. 그리고 때로는 해결책조차 없는 상황도 있다. 모든 문제엔 정답이 있다는 선입견을 내려놓을 수 있을 때 우리는 비로소 유연해질 수 있다. 그날 그 해변의 사람들처럼 비를 쫄딱 맞아 당장은 당황스럽고 놀라겠지만 시간이 지나 여행을 마치고 돌아보면 아마 이렇게 말할지도 모른다.

"그때 진짜 영화 같았지. 덕분에 기억에 오래 남았어."

예상치 못한 순간이 오히려 여행의 재미를 더해주듯 인생의 뜻밖의 장면들도 결국은 한 페이지로 남는다. 힘들었던 기억조차 시간이 흐르면 어느샌가 이야기 일부가 되어 있다.

한 시간쯤 지나자 믿기지 않게도 비는 그치고 무지개
가 떴다. 햇살이 다시 바다를 비추기 시작했다. 마치 아무
일도 없었던 것처럼. 그 순간 나는 생각했다. 인생도 어쩌
면 이와 다르지 않다고. 내 마음속에도 서서히 무지개가
피어나기 시작한다.

우리는 한 팀이니까

떠나는 날 아침이 됐다. 둘째 아이가 생각보다 일찍 잠에서 깼다. 아직 곤히 자는 남편과 첫째 아이를 깨우고 싶지 않아 조용히 숙소 밖으로 나왔다. 둘째 아이를 유모차에 태운 후 마지막일지 모르는 협재해변 쪽으로 향했다.

내게 다가왔다 멀어지는 파도를 보며 나도 모르게 눈물이 고이기 시작했다.

'이 파도에 모두 흘려보내자. 주변을 돌보지 못한 채 앞만 보고 달려가던 나의 욕망을. 아이들의 간병이 힘들다며 세상을 향했던 원망을. 아무것도 모르는 아이들의 삶을 내 맘대로 재단했던 어리석음을. 절망 속에서 더 큰 절망을 찾아 헤매던 비관을. 제주에 오기 전의 나의 얄팍한 날들을.'

그랬더니 바다 역시 내게 새로운 걸 안겨주었다.

'지금, 이 순간, 이 감정을 마음에 새기라고. 매일 오후 우리 네 명이 같은 자리에 서서 같은 장면을 바라봤던 순간들을 잊지 말라고. 이렇게 우리는 같은 곳을 바라보는, 바라봐야 하는, 한 팀이라고. 똘똘 뭉치는 것만이 가장 큰 힘이라고.'

이 생각의 끝에 다다랐을 땐 난 이미 엉엉 울고 있었다.

이제는 꼭 제주가 아니더라도, 새롭고 자극적인 조건이 아니더라도, 살던 집에서 쳇바퀴 굴러가는 일상일지라도, '살아볼 만하겠다.'라는 자신이 생겼다. 어차피 인생이 예상했던 것과 다르게 흘러갈 것이라면 너무 멀고 촘촘한 계획을 세우지 않기로 했다. 모든 길은 이어질 거라며 지도를 켜지 않고 순간을 즐기며 천천히 골목길을 산책했던 것처럼, 아이에게 오늘은 어디 가고 싶냐고 물으며 하루 이틀의 계획만 세우며 순간의 행복을 누렸던 날들처럼, 내 인생도 그저 시간의 흐름에 맡겨보기로 다짐했다. 카르페 디엠. 너무 먼 미래를 신경 쓰느라 현재의 행복에 소홀하지 말고 오늘 하루를 온전히 누리며 살려는 마음이었다.

아침 식사를 간단히 챙겨 먹고 짐을 챙겨 공항으로 갔다. 한 시간 정도의 비행을 마치고 집에 돌아오니 오후 두세 시쯤이었다. 한 달 전 떠나기 전 말끔하게 청소해 두고 간 그대로였다. 아이들은 오랜만에 보는 장난감에 잽싸게 달려들었고 거실은 금세 어지럽혀졌다. 하루 이틀 전의 모습이라고 할 만큼 너무 익숙한 모습이었다. 한 달 동안 이 공간을 떠나있었다는 게 실감이 나지 않았다. 꿈이었을까? 울고 웃는 사이에 단단해진, 성장하게 된 무척 좋은 꿈이었다.

남편을 꼭 안아주며 말했다.
"여보, 고생 많았어. 이제 새로운 마음가짐으로 다시 시작해보자. 우리 잘살아보자."

그날 새벽에도 여전히 알람을 끄고 일어나 간접 등을 켜고 옥수수 전분물을 준비하여 아이들 입에 물렸다. 단 하루도 쉴 수 없는 간병이지만 이제는 더 이상 이것을 힘들다고만 여기지 않기로 했다. 아이들이 낮에 주는 애교도 있지만, 밤에만 느낄 수 있는 것도 있다. 어두운 방 안에서 온몸의 긴장을 푼 채 새근새근 자는 아이의 머리카락을 쓸어 넘길 때의 감정은 말로 표현할 수 없을 만큼 벅차다. 이토록 사랑스러운 모습을 24시간 동안 구석구석 놓치지 않고 꼼꼼하게 볼 수 있다는 것을 행복하게 여기기로 했다. 아이들의 예쁜 모습을 많이 볼수록 더 오래도록 지켜주고 싶다. 그러기 위해선 더 든든하고 좋은 엄마가 되고 싶다는 욕심이 난다.

바퀴 네 개 중 두 개가 빠진 낡은 파란색 버스, 손가락 발가락이 다 부러져 뭉툭해진 작은 티라노사우루스, 원래의 색깔을 알아볼 수 없을 정도로 색이 바랜 브라키오사우루스, 찢어지고 또 찢어져 투명 테이프를 몇 바퀴나 칭칭 감아 두른 소방차 스티커, 세탁기와 건조기 속에 셀 수 없이 들어가 부드러움이라고는 찾아볼 수 없는 거

친 털의 토끼 인형. 아이는 종종 자신의 소중한 것을 나에
게 양보했다. 이제는 나도 가족들에게 나의 무엇이든 떼어
줄 것이다. 우리는 한 팀이니까.

4
장

따뜻한 겨울을 기대하며

서로의 속도를
존중하며

제주 한달살이를 마치고 다시 일상으로 돌아왔다. 아이들의 상태와 식이 조절은 변함없었지만, 나는 조금씩 주어진 상황을 받아들이며 마음을 다스리는 법을 배워가고 있었다. 그렇게 천천히 겨울을 맞았다.

남편은 아직 육아휴직 중이었고, 운동과 외국어 공부를 하며 정신건강의학과 치료도 함께 받고 있었다. 어느 날은 혼자 식탁에 앉아 조용히 눈물을 흘리기도 하고, 잠든 아이들의 얼굴에 조심스레 입을 맞추기도 했다. 때로는 마음이 복잡할 때 작은 물건들을 부수며 속마음을 다스리려 애쓰기도 했다. 다른 날에는 외식을 권하거나 혼자 운동을 하러 나가기도 했다. 하지만 그런 밤에도 마음이 힘들 때면 혼자 방에 들어가 자신을 다독이며 조심스레 감정을 다스렸다. 나는 그런 모습을 보며 그가 애쓰고 있다는 걸 느꼈다. 간호사로 일했던 경험 덕분에, 겉으로 드러나지 않는 마음의 고통을 조금은 이해할 수 있었다. 베란다 창문을 활짝 열어두고 허공을 오래 바라볼 때면 마음 한편이 무거워졌다. 나는 아이들의 장난감을 손에 쥐고 있으면서도 시선은 그를 향해 머물러 있었다.

그에게 '왜 아직 힘든지' 묻고 싶지는 않았다. 제주에서의 시간이 있었고, 치료와 취미 생활도 이어지고 있으니, 지금 그가 할 수 있는 최선을 다하고 있다고 믿고 싶었다. 그런 생각이 들 때마다, 그가 하루하루를 견디며 조용히 싸우고 있다는 것을 떠올렸다.

겉으로는 무기력해 보일 때도 있지만, 그의 마음속 깊은 곳에서는 여러 감정이 부딪히고 있을 것이다. 나는 그 모든 것을 다 알지는 못해도, 그 싸움이 얼마나 힘든지 짐작할 수 있었다. 그가 때로는 무심하게 말하거나, 표현하기 어려운 감정을 드러낼 때도 있었다. 나는 그 안에 숨은 외로움과 힘겨움을 헤아리려 애썼다. 아직 꺼내지 못한 말들이 어쩌면 그런 방식으로 조금씩 흘러나오는 것일지도 모른다. 완벽하게 이해하지는 못해도, 그런 모습을 따뜻한 마음으로 바라보고 싶었다.

우린 다른 인생을 살아온 두 사람이다. 살아온 환경이 다르고 상처받는 지점이 다르며 회복하는 속도 역시 다르다. 누군가는 울고 나면 후련해지고 누군가는 오히려 침묵 속에서 스스로와 겨루며 마음을 다잡는다. 주저앉았다가 다시 일어서는 방식도 일어서는 데 필요한 시간도 사람마다 다를 수밖에 없다. 나는 그 차이를 그대로 받아들이려 한다.

그래서 나는 남편에게 묵묵히 기다리는 방식으로 마음을 보이기로 했다. 그가 지금 어떤 방식으로든 버텨내고 있다면, 언젠가는 자신의 속도로 다시 일어설 수 있으리라는 작은 믿음이 있다면, 내가 할 일은 그 시간을 기다려주는 것이다. 대신해 줄 수는 없지만, 옆에 있어 줄 수는 있다. 사람은 때때로 혼자 일어서야 할 때도 있으니까 그 시간이 비록 길고 고요하더라도 나는 기다릴 수 있다.

아픔 앞에
닫힌 문

12월 초, 어느 날부터 둘째 아이는 매일 새벽마다 저혈당에 시달렸다. 그런 날들이 열흘째 반복됐다. 그날 새벽에도 저혈당이 왔지만, 아침에 씩씩하고 밝은 모습으로 어린이집에 갔다. 등원한 지 한 시간쯤 지났을까. 어린이집 원장님에게 전화가 걸려 왔다.

"어머님! 주호가 의식이 없어요! 빨리 와주세요!"

둘째 아이의 의식이 처지는 것 같다고 빨리 와달라는 다급한 전화를 받았다. 안 그래도 우리 아이들은 이런 응급 상황을 대비하여 집에서 가까운 어린이집에 보내던 중이었다. 연락받자마자 곧바로 뛰어가니 3분 정도 걸렸다. 재빨리 달려가 아이를 품에 안았지만 이미 혈당이 34였으며 이름을 불러도 눈을 뜨지 못했다.

하지만 여기에서부터 문제였다. 지역 내에 받아주는 병원이 없어서 구급차를 한 시간 정도 갓길에 정차시킨 후 전화를 돌렸다. 그러는 사이에 아이의 입술은 파래졌고 구급차 안에서 산소 치료도 했다. 아이의 희귀 질환을 진단해 주고 지난겨울에 입원 기록까지 있는 대학병원이었지만 '오늘은 응급실에 소아과 의사가 출근하지 않는 날이라서' 우리 아이를 받아주지 않았다. 희귀 질환이라고, 다른 병원에 가면 대처가 더 늦을 것 같다고, 진료기록을 한번 봐달라고 여러 번 요청했지만 그래도 받아줄 수 없다고 했다. 건물 외벽에 걸린 '도내 유일의 상급종합병원, 중증 질환을 책임지는 권역 공공의료기관, 각종 인증 획득, 우수기관 선정' 등의 홍보문구가 모두 거짓처럼 느껴졌다. 다른 작은 병원들은 '희귀 질환 환아를 진료할 자신이 없어서, 응급 상황을 대처할 여유가 없어서, 오전 진료 예약이 다 차서' 등의 이유로 우리를 거절했다. 다행히 타지역으로 이동하기 직전에 우리를 받아주는 병원이 한 곳 있어서 진료받을 수 있었다. 포도당 수액을 맞으며 혈당 체크를 해주면 되는 간단한 것을 시도조차 해주지 않는 현실에 한 번 더 상처받았다. 그 후에도 아이의 새벽 저혈당은 며칠간 계속되었고 약 3주 만에야 컨디션을 회복했다.

겨울이 지나고 봄바람이 불어오자 세상 곳곳에는 연둣빛 장식이 걸렸다. 가정의 달을 맞아 그때 그 병원에서는 '희귀 질환 바로 알기'라는 이름으로 행사를 열었다. 사회적 인식을 높이고, 희귀 질환자와 가족들에게 희망을 전하겠다는 목적 아래 마련된 자리였다. 진단-치료-지지에 이르는 전 주기적 의료 서비스와 지역사회와 연계한 통합 지원 체계를 구축하겠다는 발표가 이어졌다. 마치 모두가 환영받고, 필요한 지원을 받을 수 있는 시대가 성큼 다가온 것처럼 느껴지기도 했다.

하지만 나는 그 화사한 현수막과 정돈된 프레젠테이션을 마주하며 마음 한쪽이 차갑게 식어갔다. 둘째 아이에게 저혈당 쇼크가 왔을 때 가장 먼저 문을 두드렸던 병원이 바로 이곳이었다. 그러나 그 병원은 너무나 단호하게 우리를 받아주지 않았다. 진단은 해줬지만, 치료는 어렵다며 우리를 돌려보냈다. 지금도 그때의 허탈함과 분노, 깊은 외로움이 생생하다. 그렇게 외면해놓고도, 이제는 그 병원의 이름으로 '희귀 질환 인식 개선'이라는 명분 아래 행사를 열고 있다는 사실을 나는 어떻게 받아들여야 할까. 답을 어디에서 찾아야 할까.

아이를 키우며 겪는 수많은 모순 앞에서, 나는 점점 말을 아끼게 된다.

"아이는 축복이죠!"

"아기가 너무 예뻐요. 둘째는 안 낳으세요?"

그 따뜻한 말들이 선의라는 걸 알면서도, 이제는 말문이 막히곤 한다. 물론 아이는 사랑스럽다. 아이가 있어 내 삶이 얼마나 달라졌는지를 누구보다 잘 안다. 하지만 현실은, 그 사랑만으로 버티기엔 너무 험난하다. 감당해야 할 의료비, 진료 대기 시간, 응급 상황 때마다 병원을 전전하는 초조함, 치료 가능 병원을 찾기 위해 몇 시간씩 길 위를 달려야 하는 상황을 반복해서 겪다 보면, 어느새 조용히 입을 닫게 된다. 아이를 가지라고 쉽게 권할 수가 없다. 아이를 낳는 일은 단지 출산이 아니라 그 이후의 모든 책임과 싸움을 함께 떠안는 일이니까.

국가는 출산율을 높이기 위해 여러 지원책을 내놓는다. 하지만 정작 아이를 낳고 나서, 그것도 질병을 가진 아이를 돌보며 맞닥뜨린 현실은 냉혹했다. 병원 문턱에서 머뭇거리는 부모들의 마음, 하루하루 달라지는 아이의 상태에 마음 졸이는 시간들, 치료와 돌봄 사이에서 균형을 잡으려 애쓰는 가족들의 모습을 생각한다. 가까운 곳에서 필요한 도움을 받을 수 있다면, 아이의 건강을 지키기 위한 선택지가 조금 더 넓어진다면, 부담이 조금 덜하다면, 그 마음의 무게는 얼마나 가벼워질까.

모든 것이 한꺼번에 바뀌긴 어렵다는 것을 안다. 그러나 이런 작은 변화들이 쌓여간다면 그 무게가 조금은 나누어질 수 있지 않을까. 희귀 질환이라는 말이 더 이상 두려움만을 뜻하지 않도록, 처음 그 소식을 듣는 날에도 차분히 숨 쉴 수 있는 그런 날이 멀지 않기를 조용히 바란다.

193

혈당 측정 불가

첫째 아이는 워낙 식욕이 없어서 한 끼에 허락된 두 숟가락 분량의 식사도 채 다 먹지 않는다. 그래서인지 늘 혈당이 조금은 낮은 상태로 지낸다. 그래서인지 체육수업이나 대근육을 사용하는 활동을 버거워 한다. 조금 걷다가 안아달라고 했다가 다시 걸어보려고 시도하다가 이내 유모차를 타는 아이다. 그래서 조금이라도 더 먹이려고 장난감이나 유튜브 영상 등 각종 방법을 동원해서 입에 음식을 한 숟갈이라도 더 넣어 주는 게 우리의 일상이다.

모처럼 주말을 맞아 아이들과 기분 전환을 하고 싶

어서 방문한 카페에서 일이 터졌다. 첫째 아이보다 몸집이 큰 아이가 빠르게 달려오다가 우리 아이와 부딪혔다. 첫째 아이는 피할 틈 없이 그대로 넘어졌고, 얼굴이 시멘트 바닥에 정면으로 부딪쳤다. 입안에서 새빨간 피가 줄줄 나왔다. 금방 멈추지 않았다. 그 순간 아이의 통증이나, 치아 상태가 걱정되는 것이 아니라 '입을 다쳤으니 이제 음식 먹기가 불편하겠지? 정해진 용량만큼 못 먹어서 저혈당이 오면 어쩌지? 새벽에 잠든 아이를 깨워서 옥수수 전분물을 먹여야 하는데 잘 삼키지 못해서 새벽에 저혈당이 오면 어쩌지? 입원해야 할 상황이 오면 어쩌지? 입원하게 되면 둘째 아이는 누가 돌보지?' 등 온통 질병과 관련된 걱정이 먼저 들었다. 입술과 잇몸이 아파 물도 마시지 못하고 주르륵 뱉어버리는 아이의 모습을 보고 나서야 정신이 번쩍 들었다. 현재의 통증을 걱정해 주지 못하는 못난 엄마였다. 나중에 알게 된 사실이지만 남편 역시 나와 똑같은 생각을 했다고 한다.

어느 날 이웃집 아이가 우리 아이들에게 선물을 주고 갔다. 선물 꾸러미에는 우리 아이들이 먹지 못하는 과자, 젤리, 사탕 등이 가득했다. 아이의 눈을 피해 당류가 적은 대체식품으로 바꿔주려고 했지만, 매번 실패했다. 이미 커버린 아이가 "이거 말고 누나가 선물해 준 과자 먹고 싶어요."라고 자기 생각을 정확히 표현했기 때문이다. 아마 조만간 자신의 질병 상태와 먹을 수 있는 것과 없는 것을 설명해 줘야 할 때가 올 것 같다. 어디서부터 어떻게 설명해야 할지 여전히 큰 숙제로 남아있다.

새벽에 옥수수 전분물을 잘 먹어주지 않는 날엔 밤새도록 불안감에 휩싸인다. 매일 그렇듯 새벽에 알람이 울리고 옥수수 전분물을 만들어 아이에게 간다. 아이는 먹지 않고 혈당은 점점 떨어진다. 70, 60, 50까지 떨어지면 "맘마 먹기 싫어요! 맛없어요! 왜 먹어야 해요?"라고 실랑이를 벌이다가 잠에서 홀딱 깨어난다. 잠은 깼고, 혈당은 낮고, 옥수수 전분물은 먹지 않는다. 그렇게 새벽 두 시에 미역국을 데우고 고등어를 구워 밥을 차려준다. 아이는 허겁지겁 먹고 거실로 나가 장난감을 갖고 논다. 정확히 두 시간 후에 또다시 밥상을 차린다. 밥을 먹으며 꾸벅꾸벅 졸다가 결국 식탁에 엎드려 잠이 든다. 침대로 옮기려고 살짝 들어 올리면 간신히 잠든 아이가 다시 깰까 봐 선뜻 손을 대지 못했다. 식탁에 엎드린 채로 내버려두자니 자는 아이의 자세가 불안해 보였다. 혹여나 아이가 식탁 의자에서 떨어질까 봐 의자 아래에 겨울 이불을 두껍게 깔고 난 그 위에 옆으로 쪼그려 눕는다. 그렇게 한두 시간 눈을 붙이면 둘째 아이가 잠에서 깨어 터벅터벅 걸어 나온다. 다시 하루가 시작이다.

며칠 연속 새벽에 밥상을 차려냈다. 어느 날은 첫째 아이의 울부짖는 소리에 잠에서 깼다. 배가 아픈 건지, 배가 고픈 건지, 힘이 드는 건지 설명하지 못한 채 울부짖기만 했다. 어제는 이 시간쯤에 혈당이 70 정도였는데, 그 정도 수치가 이렇게 힘들어할 만한 정도는 아닐 텐데, 라고 생각하며 발뒤꿈치를 찔렀는데 23이 나왔다. 기계 오류겠지. 서둘러 반대쪽 발뒤꿈치에서 측정해보니 이번엔 LOW. 기계 특성상 수치가 20 미만이면 측정 불가라는 의미로 LOW라는 문자로 뜨게 설정되어 있다. 측정 불가라니 비상이다. 서둘러 주스를 먹였다. 두 팩을 먹였다. 혹시나 의식이 더 처지진 않을지, 사레 걸리진 않을지, 구토하지 않

✳

을지 살피며 차분하고 빠르게 몸을 움직였다. 지난달에 둘째 아이가 의식을 잃었을 때 지역 내 병원 응급실에서 받아주지 않던 때를 떠올리며 그런 상황이 반복되지 않기만을 바랐다. 다행히 주스를 마신 후 의식과 혈당 수치가 평소대로 돌아왔다. 이론적으로 이해되지 않는 상황이었고 사람의 힘으로 해결할 수 없던 범위였다.

첫째 아이가 새벽에 옥수수 전분물을 거부하며 잠에서 깨면, 잠이 얕은 둘째 아이도 덩달아 눈을 뜬다. 세 돌 반과 돌 반인 두 아이는 아직 잠보다 놀이가 더 좋아서, 곧장 거실로 나가 여러 장난감을 꺼내어 논다. 고요한 새벽이라는 걸 모르는 아이들은 까르르 웃으며 놀고, 배가 고프다고 보채기도 한다. 나는 조용히 아이들을 달래며 음식을 준비하느라 분주하다. 작은 방에서 자던 남편이 더 이상 참지 못하고 거실로 나왔다.

"여보, 조금만 참자. 우리 모두 힘든 상황이잖아. 아이들이 일부러 깨는 게 아니라 저혈당 때문에 어쩔 수 없이 깬 거고, 잠에서 깬 김에 노는 거야. 어른인 우리가 이해하고 참아야 해."

　남편은 하려던 말을 멈추더니, 고된 피로와 스트레스에 눌려 있던 한숨을 크게 내쉬었다. 그렇게 서로의 마음을 조금씩 이해하며, 힘든 시간을 함께 견뎌가고 있었다.

　어느 날에는 아랫집 이웃에게 문자 메시지가 왔다. [안녕하세요. 많이 고민하다가 연락드려요. 저희도 아이 키우는 입장이라 어느 정도는 이해하려는 편인데 너무 힘들어요. 소음으로 자다가 기분 좋지 않게 깰 때가 많습니다. 자는 시간만큼은 조금만 더 신경 써주셨으면 좋겠어요. 늦은 시간에 이런 카톡 보내는 것도 좀 그렇지만 배려 부탁드립니다.] 새벽 한 시였다. 지금도 자다 깬 거겠지. 오랜 시간 참고 또 참다가 화를 꾹꾹 눌러서 최대한 예의 있게 작성한 메시지라는 것이 느껴졌다. 죄송하다고, 노력하겠다고 답장하면서 눈물이 흘렀다. 나 역시 이런 상황이 너무 힘들었다. 아이들도 일부러 깨는 게 아니고, 나도 이렇게 살고 싶지 않았다. 새벽에 소음이 발생한 우리 쪽의 잘못임은 분명하기에, 어떻게 해야 할지 몰라 무력함에 마음이 무거웠다. 그 순간에는 모든 게 너무 버거워서 잠시 어디론가 숨어버리고 싶은 마음도 들었다.

✳

어느 날 낮, 남편은 출근하고 두 아이는 어린이집에 간 조용한 시간이었다. 평소와 다름없이 집안일을 하고 있었지만, 그날따라 거실 쪽 베란다 창문이 자꾸 눈에 밟혔다. 무심코 그쪽으로 발걸음이 향했고, 순간 스스로를 다잡았다. '안 돼, 이런 생각은 하지 말자. 마음이 흔들리는 거야.' 창문을 열고 싶은 마음과 멈춰야 한다는 마음이 내 안에서 갈등했다. 그 자리에 서서 눈을 감고 주먹을 꽉 쥐었다. "괜찮아, 괜찮아. 이럴 순 없어." 감은 눈에서 눈물이 조용히 흘러내렸다. 몸이 떨렸고, 손바닥에는 주먹을 쥔 흔적이 선명했다. 그날 이후 나도 약물치료를 시작했다. 여러 차례 용량을 조절하면서 조금씩 안정을 찾아가고 있다.

이렇게 둘째 아이, 첫째 아이, 남편 그리고 나까지 어둠의 기운이 도미노처럼 한바탕 지나갔다. 수면 호르몬이 무너지면 우울 호르몬이 더 쉽게 자리 잡는 법이다. 우리는 우선순위를 바꾸어 모든 일정을 잠시 멈추고 충분한 휴식과 수면에 집중했다. 약물 치료와 꾸준한 운동도 함께 하며 조금씩 몸과 마음이 회복되기 시작했다. 힘든 시간을 함께 견뎌내며, 다시금 작은 희망과 평온이 우리 일상에 스며들고 있었다.

안정을 찾고 나니 지금은 새벽이 오는 게 두려운 것이 아니라 아침이 오는 것에 감사하게 됐다. 새벽에 아무 일도 일어나지 않고 온전히 아침을 맞이하는 것이, 남들처럼 평범하게 아침을 열고, 평범한 하루를 산다는 것에 감사하다. 저혈당이 지속될 때는 오늘이 무슨 요일인지도 몰랐다. 지금이 낮인지 밤인지도 몰랐다. 그저 아이의 발뒤꿈치와 혈당 측정 기계만 번갈아 봤다. 그러다 문득 시선이 느껴져 고개를 돌리면 아이가 혈당이 회복되어 정신을 차리고 나를 보고 방긋방긋 웃고 있다. 사랑은 언제나 이렇게 내가 생각지도 못했던 순간에 불쑥 튀어나온다.

삶의 조각들

희귀 난치질환을 검색하면 정말 다양한 질병명이 나온다. 생소한 이름들이 줄지어 나열되고 익숙하지 않은 단어들로 가득 찬 정보들이 화면을 채운다. 물론, 이렇게 검색조차 되지 않는 병도 어딘가에는 있을 것이다.

내가 관심을 두었던 건 병의 이름이 아니라 그 병을 마주한 사람들의 이야기였다. 특히 환자보다 그 곁을 지키는 사람들, 바로 보호자였다. 사랑하는 이가 그렇게 아픈데 도대체 다들 어떻게 견뎌낸 걸까. 어떻게 받아들였으며 무엇을 통해 버텼는지 묻고 싶었다.

하지만 누구에게도 쉽게 물을 수는 없었다. 환우회에서 만난 사람들은 놀랄 만큼 밝았다. 분명 그들도 나처럼 어둠을 지나왔을 텐데 이제 와서 그 시절의 아픈 기억을 꺼내달라고 하기가 미안했다. 이미 조금씩 치유되어 가고 있는 상처를 굳이 다시 찔러보는 건 아닌지 조심스러웠다. 나는 지금 막 어둠 속에 들어선 사람들과 이야기를 나누고 싶었다. 같은 시간을 지나고 있는 누군가 나처럼 길을 잃고 주저앉은 누군가를 만나고 싶었다. 그래서 책을 찾았다. 누군가의 기록에 마음을 기대기 시작했다. 간병 에세이를 읽고 또 읽었다. 글 속에는 말로 다 표현하지 못했을 그날의 고통과 침묵이 스며 있었고, 한 문장 한 문장 속에 보호자만이 아는 애환이 배어 있었다. 보호자의 애틋함과 쓰라림을 과연 누가 온전히 헤아릴 수 있을까? 그 간절함과 갈망을, 의료진조차 상상할 수 있을까? 보호자는 보호자끼리만 통하는 언어와 마음이 있다는 걸 그제야 알게 되었다.

그동안 나는 보려고 하지 않았던 것 같다. 얼마나 많은 이들이 사람의 힘으로는 해결할 수 없는 짐을 안고 살

✳

203

아가고 있는지. 부드러운 미소 뒤에 얼마나 단단한 의지가 숨어있는지. 기운을 내 보았다가 무너지고, 다시 조용히 일어나 또 하루를 살아내는 일상이 얼마나 숭고한지. 마음을 열고 바라보니 보이기 시작했다. 나도, 그도, 우리 모두 그렇게 살아내고 있다는 것을 그렇게 알게 되었다. 책 속에서 나는 눈에 보이지 않는 눈물과 아무 말 없이 버텨온 시간을 읽었다. 그리고 그 모든 이야기가 지금의 나를 조금씩 일으켜 세웠다.

아이들의 검사 결과에 진전이 없을 때, 혹은 지난 검사 결과보다 상태가 나빠졌을 때, 마음속에서 느껴지는 허무함은 말로 다 표현할 수 없다. 하루하루 애써 온 모든 시간이 무색하게 느껴지고, 차가운 현실이 덮쳐온다. 그만큼 기대와 실망이 반복되다 보면 어느 순간에는 미래에 대한 불안감이 서서히 밀려온다. 우리가 계속해서 노력하고, 온 마음을 다해 돌보았지만, 그 노력에 비해 결과가 기대만큼 따라주지 않는 현실을 마주할 때는 정말 막막해진다. 어쩌면 그 막막함은 누구에게도 쉽게 털어놓을 수 없고, 혼자만이 감당해야 할 무게로 느껴지기도 한다.

그럴 때면 문득, 의료진들은 어떤 마음으로 우리 아이들, 그리고 희귀 질환자들을 대할까 하는 궁금증이 떠오른다. 그들은 하루하루 쏟아지는 환자들의 무수한 이야기 속에서 어떻게 그 길을 걸어갈 수 있을까? 그들도 저마다의 고통과 고뇌를 하고 있을까? 혹시 그들에게도 우리의 눈물과 고통이 어떤 의미로 다가가는지 궁금했다. 그런 마음이 들면 나는 주저 없이 의료인 저자들의 에세이를 찾아본다. 그들의 글 속에는 진료에 대한 열정과 환자 한 명 한 명에 대한 깊은 고민이 묻어 있다. 책을 펼치면 그들이 써 내려간 단어들 속에서 희망을 되찾는 순간들이 있다. 그들의 글을 통해 느껴지는 것은 단순한 의학적 지식이나 기술이 아니다. 그보다는 환자에 대한 진심 어린 관심과 삶의 소중함을 놓치지 않으려는 의지다. 그렇게 의료인들의 글을 읽다 보면 그들도 우리처럼 하루하루를 살아가며 어떤 무게를 지고 있는지, 그들이 환자들을 대하는 방식 속에서 인생에 대한 깊은 통찰을 얻을 수 있다. 에세이를 읽는 동안, 나는 그들처럼 다시 한번 힘을 내야겠다는 결심을 하게 된다. 그들의 글 속에서 발견한 작은 희망의 불씨가 내 마음을 다시 따뜻하게 해주기 때문이다. 어

느새 그 작은 글귀들이 내게 하루하루를 견디게 하는 힘
이 되어주고, 매일 밤 한두 페이지의 세상을 부여잡으며
잠이 든다. 그렇게 나는 하루를 또 살아낸다.

어쩌면 우리 아이들이 겪고 있는 아픔과 우리가 맞닥
뜨리고 있는 현실은 그 누구도 쉽게 이해할 수 없을 것이
다. 하지만 의료인들의 글을 통해 나는 그들 또한 삶의 무
게를 견디며, 나와 같은 길을 걷고 있다는 사실을 알게 되
었다. 그들도 때로는 좌절하고, 힘겨운 순간을 겪지만, 그
런데도 환자들을 위해 최선을 다하고 있다는 것. 그런 모
습을 보며 나는 다시 한번 내가 해야 할 일을 다짐하게 된
다. 그러므로 나는 오늘도 그들의 글 속에서 다시 힘을 얻
고, 그들이 전해주는 작은 위로와 희망의 메시지를 가슴
에 새기며 살아간다. 하루하루가 반복되는 일상에서, 결
국 중요한 것은 결과가 아니라 그 과정을 어떻게 받아들
이고, 어떤 마음으로 살아내느냐일 것이다. 어쩌면 우리가
계속해서 이어가는 이 길도, 우리의 마음가짐과 의지에
따라 그 의미가 달라질 것이다. 그래서 오늘도 나는 아이
들을 위해, 내일을 위해 다시 힘을 내어 살아간다.

★

이야기 속에서
배우는 삶

독서의 장점을 깨달은 후, 책 한 권을 골라도 육아나 식이에 관련된 책이 아닌 나를 위한 책을 고르기 시작한다. 나만을 위한 책을 고른다는 건 처음에는 무척 어색하고 큰 도전이었다.

때때로 현실이 너무 버겁고 감당하기 어려운 문제들이 쌓일 때 나는 무의식적으로 소설 속으로 도망친다. 그 속에서 등장인물들은 각기 다른 문제 상황에 직면하고 그들은 그 상황을 풀어나가기 위해 온갖 방법을 동원하며 고민한다. 그들의 대처 과정을 지켜보며 나는 저절로 배우게 된다. 그들이 어떻게 감정을 조절하고 어떻게 갈등을 해결하는지 그들의 선택과 행동에서 얻을 수 있는 지혜는 나에게 큰 도움이 된다. 소설 속의 인물들이 해결책을 찾아가는 모습을 보며 나는 내 인생에 닥친 문제들에 대한 대처 방법을 미리 배우고 준비한다. 살다 보면 나에게도 뜻밖의 문제가 생길 때가 있다. 그러면 소설 속 등장인물처럼 상황을 해결해 나가려는 자신감을 얻게 된다. 그들은 크고 작은 위기 속에서 발버둥을 치면서도 결국에는 지혜롭게 문제를 해결하곤 한다. 그들을 완벽히 따라 하기는 힘들겠지만 그들의 태도에서 많은 것을 배운다. 당장 답이 보이지 않고 상황이 풀리지 않아도 조금이라도 더 침착하게 대처할 수 있었다. 그때마다 소설 속에서 본 대처 방법이 내게 적당한 조언이 되어준다. 문제를 어떻게 해결할 것인가, 감정을 어떻게 다스릴 것인가, 그런 방법들이 자연스럽게 내게 녹아든다.

때로는 삶이 정말 막막할 때가 있다. 그럴 때 나는 이렇게 생각한다. '내가 사는 이 세상은 소설이고, 지금 나는 소설 속 주인공이야.' 그러곤 주인공의 여정을 떠올린다. 소설 속 주인공은 등장인물 중 가장 비참하고 큰 위기를 맞이하곤 한다. 그 위기를 어떻게든 극복하고, 한 단계 성장하는 모습은 대부분의 이야기에서 반복되는 주제이기 때문이다. 나는 그 장면을 떠올리며 자신에게 말한다. "지금 내가 겪고 있는 이 어려움도 결국 내가 이겨낼 수 있을 거야. 주인공이라면 그랬을 거야." 나는 그렇게 마음을 다잡으며, 지금, 이 순간 힘든 상황도 언젠가 웃으면서 돌아볼 수 있을 거라고 믿는다. 그리고 나는 다시 한번 스스로 주문을 건다. "지금은 힘들지만 조금만 더 힘내보자. 우선 오늘 하루만 무사히 넘겨보자. 내일은 또 다른 날이니까." 이렇게 말하면서 나는 하루하루를 버텨낸다. 주인공이 마주하는 위기와 도전은 끝이 없지만, 그 위기를 뚫고 나면 새로운 가능성이나 성장이 기다리고 있다. 내가 주인공이기 때문에 내게 주어진 위기도 결국엔 극복할 수 있다고 믿는다.

소설은 단순히 이야기를 즐기는 것이 아니라 그 속에서 내가 직접 배우고 느끼는 중요한 가르침을 주기도 한다. 주인공의 감정을 이해하고 그가 고난을 이겨내는 과정에 공감하는 동안 나는 나 자신도 조금 더 성장할 수 있는 기회를 얻는다. 세상은 복잡하고 때로는 예측할 수 없는 순간들이 나를 찾아온다. 그럴 때마다 나는 소설 속에서 위기와 갈등을 넘는 방법을 떠올리며 내 삶을 좀 더 현명하게 살아가려 한다. 내가 이겨낸 모든 어려움이 마치 소설 속 한 장면처럼 나의 이야기를 더 풍성하게 만들어 줄 것이라고 믿기 때문이다.

고전소설을 미리 읽어두면 살면서 문득 큰 도움이 되는 순간들이 있다. 우리는 살아가면서 예상치 못한 문제들에 직면하거나 감당하기 어려운 상황에 놓이게 된다. 그럴 때 고전 속에서 등장하는 인물들의 갈등이나 그들이 마주한 문제 해결의 과정을 떠올리며 마음을 가다듬을 수 있다. 고전은 단순히 오래된 책이 아니라 오랜 시간 동안 많은 사람에게 인정받으며 살아남은 작품들이다. 그만큼 고전에는 세월을 거쳐 더욱 깊어지고 다듬어진 지혜와 교훈이 담겨 있다. 이 지혜는 단지 머릿속에 저장해두는 것만으로 끝나는 것이 아니라 우리 삶에 필요한 중요한 도덕적 해결 방법을 제시해 준다.

　고전에서 우리는 인간 존재의 본질과 그 복잡한 감정들에 대한 깊은 이해를 얻을 수 있다. 그 속에는 우리가 살아가는 방식, 어지러운 세상을 헤쳐 나가는 방법이 담겨 있다. 고전을 통해 삶의 여러 측면을 진지하게 돌아볼 기회를 얻을 수 있었고 덕분에 나만의 가치관을 재정립할 수 있었다. 예를 들어 고전 속에서 다루어진 도덕적 고민이나 인간관계에 대한 통찰은 내 삶에 큰 영향을 미쳤다. 고전을 읽으며 나는 단순히 그 이야기의 흐름을 따라가는 것이 아니라 그 속에 담긴 의미를 되새기며 깊은 사유에 빠지게 된다. 이러한 고전의 가르침은 나 자신과 내가 처한 상황을 이해하는 데 큰 도움이 되었다. 특히, 고전을 통해 얻은 교훈은 우리 가정에 주어진 시련을 대하는 마음가짐에도 많은 영향을 미쳤다. 부모가 지녀야 할 책임감과 내가 마주한 질병과 관련된 어려운 관계들 속에서 느꼈던 상처들, 그 상처에 대한 분노와 억울함 등의 감정을 고전에서 나온 인물들의 갈등 속에서 조금 더 객관적으로 바라볼 수 있게 되었다.

고전 속에서 주인공들이 마주하는 위기나 갈등은 때때로 나 자신의 갈등과 충돌하는 나의 본성, 그리고 모순을 성찰할 수 있는 중요한 계기가 되었다. 우리의 감정은 종종 복잡하고 충돌한다. 하지만 고전 속에서 인물들이 경험하는 고난을 지켜보면서 나는 그들이 어떻게 갈등을 해결해 나가는지, 그 과정을 통해 어떻게 성장하는지, 그런 모습을 통해 나도 내 문제를 조금 더 차분히 돌아볼 수 있었다. 주인공들의 용기와 인내를 보며 나는 내가 겪고 있는 어려움이 결코 끝이 아니며, 그 안에서 교훈을 얻을 수 있다는 희망을 품을 수 있었다. 고전 속의 인물들은 단순한 이야기가 아니라 그들의 인간적인 약점과 한계 속에서도 끝내 큰 결단을 내리고 삶을 극복하는 모습을 보여준다. 그것은 나에게도 큰 힘이 되었다. 고전을 읽으면서 나는 인간 본성에 대한 깊은 이해를 얻을 수 있었고 그 이해를 통해 나와 나의 주변 사람들과의 관계에서 더욱 성숙하고 지혜로운 태도를 유지할 수 있었다. 질병이라는 어려운 상황 속에서도, 고전에서 다룬 인간의 심리와 본성에 대한 통찰은 나에게 중요한 가르침을 주었으며 나 자신을 돌아보고 어떻게 대응해야 할지를 고민하는 데 도움을

★

주었다.

　결국 고전은 단순히 지나간 시대의 이야기가 아니라 우리의 삶과 깊은 연관을 맺고 있는 살아있는 가르침이다. 고전 속의 인물들처럼 우리 역시 끊임없이 변화를 겪고 갈등 속에서 성장한다. 그들이 걸어온 길을 되돌아보며 우리는 그들처럼 역경을 이겨내는 힘을 얻게 된다. 고전을 통해 얻은 교훈은 때로는 직접적인 해결책이 되지 않더라도 내면의 지혜와 마음의 평정을 찾는 데 큰 도움이 된다. 그리고 그 지혜는 내가 어떤 상황에 처하든지 다시 일어설 수 있는 용기와 힘을 준다.

✦

질문의 바다를
건너며

살면서 여러 가지 질문들이 나를 괴롭혔다. 내 존재의 의미는 무엇인가? 나는 왜 이곳에 존재하는가? 내 인생의 목적은 무엇인가? 이런 질문들을 끊임없이 던지며 살아왔지만 그럴수록 답을 찾는 일은 점점 더 어려워졌다. 그런 나에게 철학 도서는 마치 한 줄기 빛처럼 다가왔다. 철학에서 그 정답을 찾을 수 있었다. 철학이 던지는 질문들은 단순히 이론적인 것이 아니라, 내 삶 속에서 실질적으로 고민해야 할 문제들이었다. 생각을 깊게 할수록 내가 살아가는 이유와 내가 왜 여기에 있는지에 대한 고민이 나의 삶을 더욱 풍성하고 진지하게 만들어갔다.

철학의 끝자락에 다다를 때 나는 한 가지 중요한 진리를 발견했다. 그것은 바로 '사랑'이었다. 살아가면서 마지못해서 해야 할 일이 많다는 생각이 들 때가 있다. 어쩔 수 없이 하루하루를 이어가며 나의 삶을 살아가는 듯한 기분이 들 때 철학은 내게 중요한 교훈을 주었다. 내가 마지못해 살아가는 이 삶을 사랑해 보라는 것이다. 내게 주어진 삶을 사랑하는 것이 무엇보다 중요하다는 사실을 깨달았다. 어차피 살아가야 한다면 그 누구보다 내가 먼저 내 삶을 사랑해야 한다는 것이었다. 내가 나를 사랑할 때 비로소 내 삶의 가치와 의미가 더욱 뚜렷해지며, 나에게 주어진 시간을 헛되이 보내지 않게 된다는 깨달음이 있었다.

내가 나를 사랑할 수 있게 되면 그 사랑은 자연스럽게 가족에게로 흘러간다. 부모가 자녀에게 주는 사랑, 남편이 아내에게, 아내가 남편에게 주는 사랑은 그저 감정적인 것이 아니라, 진심과 헌신이 담긴 사랑이어야 한다. 나는 이 사랑이 없다면 우리가 겪고 있는 모든 어려움과 시련을 견뎌내는 것이 불가능하다는 사실을 깨닫게 되었다.

특히 간병이라는 어려운 상황 속에서 사랑이 아니고서는 우리가 지금까지 버티고 올 수 있었을까? 그런 질문을 자주 던지며, '사랑'이라는 힘이야말로 가장 중요한 조건임을 절실히 느꼈다. 우리의 간병은 단지 육체적인 힘만으로 이뤄지는 것이 아니다. 그 안에는 끝없는 인내와 배려, 그리고 깊은 사랑이 담겨 있다. 우리 아이들이 겪고 있는 고통과 어려움을 함께 나누며 우리는 매일 조금씩 더 강해져 간다. 그런 상황 속에서도 사랑은 우리가 끝까지 버티게 하는 원동력이 된다. 사랑은 때때로 고통스럽고 힘들지만 그런데도 우리는 서로를 사랑하기 때문에 하루하루를 살아갈 수 있다. 그 사랑이 우리에게 주는 힘은 말로 설명할 수 없을 정도로 강력하고 삶을 계속 이어 나가는 데 필요한 조건이 되었다.

결국 모든 것의 근본에는 사랑이 있다는 것을, 철학을 통해 알게 되었다. 사랑은 우리의 존재 이유이자 우리가 이 세상에서 살아가는 이유이다. 사랑이 없다면 우리는 서로를 이해할 수도 없고 서로를 돌볼 수도 없다. 사랑이 있으므로 우리는 힘든 시간 속에서도 서로를 지지하며 살아갈 수 있다. 그리고 그 사랑은 결국 나 자신을 포함한 모든 이들에게 희망과 힘을 주는 중요한 에너지원이 된다. 내 삶에 대한 사랑, 가족에 대한 사랑, 그리고 이 세상에 대한 사랑은 나의 존재를 더욱 깊고 의미 있게 만들어 준다.

그러므로 나는 매일 나 자신과 내 가족을 사랑하는 마음으로 하루를 시작한다. 비록 삶이 때때로 힘들고 고통스럽지만, 사랑이 있다면 우리는 모든 어려움을 이겨낼 수 있다. 사랑이란 결국 그 어떤 시련도 이겨낼 수 있는 가장 강력한 힘이기 때문이다.

독서가 단순한 지식 습득의 과정이 아니라 생각하는 힘을 기르는 중요한 행위라는 사실을 깨달았다. 그 힘은 삶을 살아가면서 중요한 결정을 내릴 때 외부의 영향에 휘둘리지 않고 내 안에서 끊임없이 질문을 던지며 정답을 찾아가는 과정을 돕는다. 이런 생각하는 힘이 쌓이다 보니 어려운 순간에도 그 힘을 바탕으로 나만의 길을 찾아갈 수 있었다. 독서는 어느 한 권의 책의 힘만이 아닌 다양한 책을 통해 쌓여온 사고의 깊이로부터 나오는 것이다. 여러 장르의 책을 읽으며 얻은 다양한 질문과 해답들이 나의 삶에 깊이 영향을 미쳤고 그것이 나를 보다 강하게 만들었다. 특히 간병이라는 힘든 여정을 걸으면서 지쳐 쓰러질 때마다 책을 통해 얻은 힘을 다시 일으켜 세울 수 있었다. 그 덕분에 나는 늘 조금씩이라도 건강한 방향으로 나아갈 수 있었다.

하루 24시간 동안 아이들의 식사 시간에 맞춰 내 삶이 돌아가다 보니 점점 본연의 나를 잃어가고 있다는 느낌이 들었다. 매일 반복되는 일상에서 나 자신을 돌보는 시간과 정체성을 잃어가고 있다는 기분이 들었을 때 독서는 나에게 잠시나마 나를 되찾을 수 있는 소중한 기회를 제공해 주었다. 책을 펼치고 다른 세상 속으로 빠져들면서 나는 잠시나마 나를 되찾았다. 책은 나에게 다른 사람들의 삶을 들여다볼 기회를 주었고 그들의 경험을 통해 나의 삶을 다시 한번 돌아볼 수 있게 해주었다. 독서를 통해 나의 마음은 치유되고 내가 잃어가던 나를 다시 찾을 수 있었다. 이처럼 독서는 인생의 위기마다 나를 살려준 힘이었다.

앞으로도 나는 크고 작은 위기와 도전을 마주할 것이

다. 그럴 때마다 넘어질 수도 있고, 흔들릴 수도 있으며 휘청거릴 수도 있다. 그러나 이제는 예전처럼 무너지는 것만은 아니라고 다짐한다. 조금씩 나아가는 것이 중요하다는 것을 알게 되었다. 한 걸음 한 걸음 내딛는 것에 의미를 두며 그 과정에서 나를 지탱해주는 책이 항상 내 곁에 있을 것이다. 책은 나에게 길잡이가 되어주고 내가 흔들릴 때마다 다시 일어설 힘을 준다. 어떤 상황 속에서도 책이 있기에 나는 그 어려움을 좀 더 잘 버텨낼 수 있다고 믿는다.

특히 쇼펜하우어, 니체와 같은 철학자들의 글을 읽으면서 나는 중요한 깨달음을 얻었다. 그들이 말하는 '현재'를 사는 법이 내 삶에 큰 영향을 미쳤다. 과거나 미래에 휘둘리지 말고, 현재에 집중하자는 그들의 메시지는 내게 깊이 와닿았다. 과거는 이미 지나갔고 미래는 알 수 없는 것이다. 우리는 현재에 존재하며 그 현재를 살아가야만 한다. 불확실한 미래를 두려워하고 과거에 얽매이지 말고 지금, 이 순간에 집중하며 살아가자. '오늘 하루 무사히 보내자.'라는 충실한 마음이 결국 행복으로 이어진다는 것을 알게 되었다.

독서가 내게 주는 가장 큰 힘은 바로 이 '현재'를 살아가게 해주는 힘이다. 과거의 후회나 미래의 두려움에 매몰되지 않고, 내가 지금, 이 순간에 집중하며 살아가게 해주는 것이 바로 책이 가진 마법과 같다. 책을 통해 나는 나의 삶을 더 잘 이해하고 현재를 살아가는 법을 배우고 있으며 그것이 결국 나와 내 가족에게 큰 도움이 되고 있다.

우리 모두의
학교를 위해

첫째 아이는 5세가 되어 기관을 옮겨야 했다. 기존 어린이집처럼 식이요법을 감당해 줄 수 있는 곳을 찾아야 했다.

마침 A초등학교 옆에 있는 단설 유치원 입학 우선순위 조건에 '건강 취약 유아' 항목이 있어 기대를 안고 전화를 걸었다. 일이 순조롭게 풀릴지도 모른다는 희망이 들었다. 아이의 상황을 차분히 설명했다. 하지만 돌아온 답변은 기대와는 조금 달랐다.

"밥양을 재는 저울은 유치원 직원이나 영양사가 아닌, 급식실에서 배식해 주시는 아주머니께 전달될 거예요.

근무표에 따라 매일 담당자가 바뀔 수 있어요. 오후 간식으로는 치킨이나 피자가 자주 나오고, 외부 음식은 반입이 어렵습니다. 옥수수 전분이나 대체 간식도 외부 음식이에요. 그래도 원하신다면 지원하셔도 됩니다.”

기운이 빠졌다. 처음부터 어렵다고 솔직하게 이야기해 주었다면 오히려 덜 상처받았을지도 모르겠다. 우리 아이는 어디에서, 어떤 교육을 받아야 하는 걸까. 입학의 문턱이 이토록 높아도 되는 건지, 내가 이 상황을 어디에 이야기해야 할지, 물어도 대답을 들을 수는 있는 건지. 아픈 것이 죄는 아닐 텐데, 왜 이런 현실 앞에서 자꾸 죄스러운 마음이 드는 걸까. 작은 숨을 고르며, 다시 마음을 다잡았다.

B 유치원에 상황을 말씀드리자, 솔직하게 “저희가 도와드리기 어려울 것 같습니다. 잘 챙겨드리지 못할 것 같아요.”라는 답변을 들었다. 출산율이 낮아 여러 지원 정책을 시행하는데, 아픈 아이들은 그 정책에서 이처럼 소외된다. 지원 과정부터 이렇게 어려운 현실에 마음 한편이 무거워졌다. 하지만 A 유치원의 복잡한 설명보다는 오히려 명확한 답변이 조금은 마음을 정리하는 데 도움이 되

기도 했다.

C 유치원은 직접 방문했다. 원장님은 내가 이야기를 마치자마자 손을 꼭 잡아주었다. 손으로 들어온 온기가 곧바로 심장으로 옮겨갔다. 갑자기 눈물이 왈칵 쏟아졌다. "평소에는 잘 챙겨줄 수 있는데 소풍, 체육대회 등 외부 활동이 있는 날에는 식이 시간을 놓칠 수 있으니 자진 결석해 주면 좋겠습니다."라고 했다. 씁쓸했지만 이만해도 괜찮았다. 이미 직장에 복귀하기를 어느 정도 포기한 상태라서 하루 이틀 정도는 가정 보육을 하는 것도 좋다는 생각이었다.

D와 E 유치원은 흔쾌히 받아주었다. 다년간의 경력으로 다양한 식이요법이 필요한 아이들을 경험해 봤다며 우리 아이도 잘 돌봐주겠다고 자신 있게 말했다. 이런 곳이 두 군데나 있다니 다행이었다. 최종적으로 D 유치원으로 입학이 확정됐다.

겨우 집 근처 다섯 군데 유치원과 상담을 해보면서,

희귀 질환을 가진 아이들의 학습권이 생각보다 쉽게 보장되지 않는다는 걸 알게 되었다. 아이의 건강 관리를 위해 꼭 필요한 옥수수 전분과 대체 간식이 외부 음식으로 분류되어 반입이 제한된다는 점은 현실과 다소 맞지 않는 부분이었다. 이런 경험을 하는 보호자들이 전국에 많을 것이다. 공평한 교육이란 무엇일까. 모든 아이가 자신의 상황으로 인해 소외되지 않는 교육 정책이란 가능할까.

환우회의 다른 가정 부모님과 이야기를 나누다 보면 숨이 턱 막힐 때가 많다. 영유아는 입학의 문턱, 대체 간식 및 옥수수 전분물 제공에 대한 선생님의 업무 증가, 소풍 등 외부 활동 시 자진 결석해야 하는 어려움을 이야기했다.

초등, 중등, 고등학생들은 개인의 건강 상태에 따라 짜인 식이 시간표대로 정해진 시간에 옥수수 전분물을 마셔야 하는데 만약 수업 시간과 겹친다면 수업 도중에 무언가 먹는다며 눈치가 보인다고 한다. 특히 사춘기 아이들은 또래 집단 사이에서 자의로든 타의로든 위축되기 마련이다.

학교에서 점심 식사를 배려받지 못하는 예도 있었다. 아이가 식판에서 자신이 먹을 수 있는 것을 골라 먹기 어렵거나 혹여 잘 골라 먹는다고 해도 제공량만으로는 먹을 수 있는 것이 적은 경우가 있다. 이런 경우 가정에서 도시락을 싸 와도 되는지 물었더니 그것 또한 외부 음식에 속해 반입금지라는 답변을 들었다고 한다. 그렇다면 도시락을 교실과 급식실이 아닌 보건실에서 따로 먹을 수 없는지 문의하니 그것도 거절당했다고 한다. 결국 그 아이는 3년 내내 점심시간마다 건물 밖으로 나와 엄마 차 안에서 식사했다.

영양사가 균형적인 식단을 짠다고 하지만 때로는 탄수화물에 치우친 식단이 나올 때도 있다. 소량의 탄수화물을 섭취해야 하는 환아들은 엄마에게 핸드폰으로 메시지를 보낸다. [엄마, 오늘 점심시간에 잔치국수랑 떡볶이랑 과일이 나왔어. 먹을 수 있는 게 없어서 잔치국수 한 젓가락이랑 떡볶이 두 점 먹고 물로 배를 채웠어. 배고파.] 당원병 유형에 따라 우유의 유당과 과일의 과당을 먹지 못하는 환아들에게는 더욱더 치명적이다.

✴

다른 아이는 체육 시간에 축구하다가 혈당이 떨어져서 저혈당 쇼크로 의식을 잃고 운동장에 쓰러졌다. 의식이 있을 때는 과당 주스를 섭취해서 당을 올리고 이후의 혈당 변화는 보건교사에게 케어받으면 된다. 하지만 이미 의식을 잃고 쓰러지면 주스를 섭취할 수 없다. 이럴 때는 재빨리 포도당 수액이 제공되어야 한다. 하지만 학생에게 필요한 것을 모른 채 구급차만 기다리며 응급실에 도착하기까지 시간이 오래 걸린다. 응급실은 입실하면 일단 금식하고 전체 검사를 시행하므로 처치가 더욱 늦어진다. 그러다 정말 상상하고 싶지 않은 상황이 발생할 수도 있다.

청소년이 되어도 새벽에 한번 또는 두 번 정도 일어나 옥수수 전분물을 마셔야 한다. 보통 아이가 푹 자느라 알람을 듣지 못해 혼자 할 수 없어서 부모가 깨워주곤 한다. 이런 상황에 수학여행은 상상조차 하지 못한다. 혹시나 숙소에서 깊게 잠들어 알람을 듣지 못한다면 그대로 저혈당 쇼크에 빠져버릴 테니까 자진 불참을 선택한다. 당원병 환아들은 학생으로서 수학여행이라는 평범한 추억을 만들 수 없는 것이다.

아이가 식은땀을 흘리며 쓰러졌을 때 친구나 교사가 과당 주스를 가져다주고, 의식을 잃었을 때 구급대원에게 혈당 측정을 부탁하는 정도만 도움을 받아도 큰 사고로 이어지는 것을 예방할 수 있다. 수학여행 낮에 활동은 같이하되 잠들어 있을 때 누군가 깨워주고 옥수수 전분물을 먹을 수 있게 도와준다면 좋겠다. 그래서 희귀 질환일수록 널리 알려져야 한다고 생각한다. 최소한 아이가 다니는 기관에서만이라도 말이다. 그래서 부모는 매년 학기 초마다 네 통의 편지를 쓴다. 담임 선생님, 보건 선생님, 교장 선생님, 영양사님까지 우리 아이의 특징과 필요한 것들을 적어 직접 찾아간다. 아이를 조금 더 품어주기를 바라며.

보이지 않는 곳에도
빛이 닿길

만약 아이들에게 질병이 없었다면 지금 어떤 인생을 살고 있을지 가끔 상상해 본다. 두 아이 모두 기관에 보낸 평범한 맞벌이 가정일 것이다. 그중에서도 나는 승진 등의 개인적 성취에 집착하는, 내 아이가 또래보다 모든 방면에서 앞서기를 바라는 욕심이 아주 많은 엄마가 되어 있을 것이다. 아이들의 질병은 가족보다는 직업적 성취에 마음이 더 기운 내게 정지 신호를 주고 가족 간의 사랑이라는 더욱 값진 가치를 깨닫게 해주었다. 또한 우리 가족이 똘똘 뭉치게 된 계기이기도 하다. 이렇게 생각하면 오히려 잘된 일이라는 생각까지 든다.

겸손해짐과 동시에 '돌봄'이라는 가치에 대해서 깊게 고민하게 됐다. 돌봄은 간호사로서도 엄마로서도 무척 중요한 가치였다.

병원 간호사로 일할 때는 환자 상태를 빠르게 파악하는 것이 중요했다. 간호사가 발견한 새로운 증상에 따라 검사를 진행하고 그 결과에 따라 약물, 시술, 각종 처치가 처방되기 때문이다. 헌혈의 집 간호사로 일할 때는 헌혈자의 팔에서 안전하게 채혈하는 것이 중요했다. 문진부터 채혈까지 정확하고 안전하게 진행되어야 환자에게 건강한 혈액이 도착할 수 있기 때문이다. 엄마가 되니 아이의 몸과 마음을 건강하게 돌보는 일이 중요했고 그중에서도 환아의 엄마가 되어보니 평범한 하루가 가장 중요했다. 아이들의 혈액 수치뿐만 아니라 나의 체력과 심리까지 말이다. 아이가 이 사회에서 주눅 들지 않고 당당하게 살아가도록 도와주는 역할 또한 중요했다.

무엇보다 가족 간병인의 상황을 이해하게 되었다. 환자의 그늘에 가려져 보이지 않던 그들을 향한 돌봄의 필요성이 절실히 느껴진다. 평범한 가정의 아이가 돌이 지나고 어린이집에 입학하면 자유시간이 생긴 엄마들은 고민이 많아진다. 슬슬 전업주부에서 벗어나 일거리를 찾는다. 경제 활동을 하거나 새로운 시작을 위해 공부하기도 한다. 하지만 나의 일과는 다르다. 새벽 내내 잠들지 못하고 두 아이를 보살피다가 아침이 되어 어린이집에 보낸다. 밤에 못 잔 잠을 일곱 여덟 시간 연달아 자고 싶지만, 낮도 머리를 굴려 잘 쪼개어 써야 한다. 밤새 사용한 젖병을 닦고, 아이들의 반찬을 만들고, 영양 성분표를 비교하며 간식거리를 검색하고, 일반적인 청소와 빨래도 한다. 당원병에 관한 책이나 정보가 거의 없어 인터넷을 구석구석 뒤진다. 내 아이의 질병은 물론 영양학까지 공부하고 적절한 조리법을 연구하기도 한다. 그러다 보면 잠시 눈을 붙일 시간이 점점 줄어든다. 아이들이 하원하면 다른 가정처럼 놀이터에서 놀다가 집에 돌아와 씻고 저녁을 먹이고 아이들을 재우면, 나의 새벽 간병은 다시 시작이다. 잠시 한숨 돌릴 여유도 없다. 24시간이 아이에게 집중되어 있고 '나'의 삶과 행복을 찾는 것이 죄짓는 것처럼 느껴진다.

다른 희귀 질환 가정도 마찬가지일 것이다. 아픈 아

이를 돌보는 엄마, 돈을 벌어오느라 고단한 아빠, 그런 역할을 덜어주고 싶은 양가 조부모님. 이렇듯 가정에 한 명의 환자가 생기면 온 가족의 돌봄 노동이 투입된다. 당사자가 아닌 이들이 이러한 삶을 이해하기란 어려운 일이다. 나도 그랬으니까. 그러나 이제는 주변을 돌아본다. 누군가의 처지가 되어 그를 이해해 보려 한다. 그런 희귀한 시도들이 필요하다.

아이만의 방식으로
피어난 희망

첫째 아이는 네 돌을 앞두고 있다. 돌쯤 진단을 받은 것이니 만 3년 동안, 자기 인생의 절반 이상을 새벽마다 옥수수 전분물을 먹고 있다. 말이 트이고 자아가 생기면서 "맘마는 왜 먹는 거예요?", "밤에 잘 때 왜 맘마 주는 거예요?", "맘마 안 먹으면 왜 주스 먹어요?"라고 내게 묻는다. 그 맘마가 옥수수 전분을 녹인 물이라고는 상상도 못 할 것이다. 세상 모든 아이가 새벽마다 일어나서 맘마를 마시는 줄로 알고 있을 것이다. "맘마를 먹어야 튼튼해져. 맘마를 안 먹으면 배 아프고 힘들어서 재밌게 놀 수가 없어."라고 아이의 수준에 맞춰서 대답해 주지만, 마음 한편은 늘 걱정이다.

너와 나의 운명을 어디서부터 어떻게 설명해 주어야 할까. 세상이 언제나 내 맘과 같진 않다는 사실을, 때로는 이해되지 않는 일도 받아들여야 한다는 사실을 또래보다 일찍 알게 될 것이다. 이 작은 아이가 이해하기란 쉽지 않을 것이다. 아이는 유전자를 물려준 부모를 원망할까? 신을 원망할까? 10만분의 1 확률의 운명을 덤덤하게 받아들일까? 각 반응에 따른 가장 현명한 대답이 무엇일지 아직도 모르겠다. 아이가 자라며 그날이 점점 가까이 다가오고 있다는 사실이 느껴진다. 하지만 정답도 함께 다가오고 있음을 깨닫는다.

주말마다 하는 일이 있다. 두 아이의 일주일 치 식단표를 보고 못 먹는 음식이 나오는 날의 대체 메뉴를 미리 준비해 두는 일이다. 나의 아이들뿐만 아니라 같은 반 친구들의 의아함까지 줄여주고 싶어서 최대한 비슷하게 생긴 식품으로 준비한다. 첫째 아이가 어렸을 때는 같은 반 친구들이 우리 아이만 다르게 생긴 것 먹는다고 자주 뺏

어 먹었다고 한다. 옥수수 전분물을 손가락을 찍어 먹어
본 친구도 있었다. 그때쯤 같은 반 학부모들 사이에서는
우리 아이만 개인 간식을 따로 챙겨 보낸다는 이상한 시선
을 받기도 했다.

유치원 간식으로 짜장면이 나오는 날이었다. 몇 년
째 하는 일이지만 면 종류는 아직 어렵다. 나의 요리 솜씨
로는 불가능한 영역이다. 그래서 대체 간식으로 죽을 보냈
다. 하원 후 아이의 기분을 살피며 조심스럽게 물었다.

"오늘 간식 뭐 나왔어?"
"죽 나왔어. 주원이는 짜장면을 잘 못 먹어서 선생님
이 죽 주셨어. 야채죽 맛있어~"
"주원이는 짜장면 왜 못 먹어?"
"그냥 못 먹어."
"먹어본 적 있어?"
"없어."
"먹어보고 싶지 않아?"
"안 먹고 싶어."

"짜장면은 무슨 맛이야?"

"맛있는 맛."

"맛있는 맛인데도 안 먹고 싶어?"

"그래도 안 먹고 싶어."

더 이상 물어보다가는 내가 먼저 울 것 같아서 이쯤에서 그만두었다. 먹어본 적도 없는 음식을 맛있을 거라고 상상하며, 그런데도 먹어보기 싫다는 모순적인 대답이다. 아이도 본능적으로 느끼고 있는 걸까?

간식으로 팬케이크가 나오던 날에는 당류가 적은 대체 빵을 보냈다. 준비한 양이 많이 남아서 집에서도 간식으로 줬는데, 오히려 아이는 좋아했다.

"이거 아까 유치원에서 먹은 하트 빵인데! 주원이는 팬케이크 못 먹어서 선생님이 바꿔 주신 건데! 이것도 선생님이 주신 거야?"

아이는 선생님이 자신을 특별하게 생각해서 혼자만

다른 간식을 주고, 그걸 집에까지 보내주신 걸로 단단히 오해했다. 어른이 상상할 수 없는 엉뚱하고 귀여운 발상이었다.

"주원이는 마이쭈 못 먹어요."라며 받은 것을 가방에 넣을 때, 막대사탕을 받았을 때 "까주세요."가 아닌 "저도 사탕 먹고 싶어요."라고 내게 가져올 때, 사탕 대신 대체제인 캐릭터 비타민을 줘도 너무나 좋아해 줄 때, 담임 선생님이랑 둘이서 원장실에서 맘마(옥수수 전분물)를 마셨다고 이야기할 때, 기특하면서도 짠하다.

이제는 다가올 그날을 미리 고민하지 않기로 했다. 짜장면이 먹고 싶었을 텐데 안쓰럽다는 생각은 나의 오해였다. 아이는 그냥 먹기 싫은 거였다. 혼자만 다르게 생긴 빵을 먹어서 주눅 들진 않을까 걱정했던 것 역시 나의 오해였다. 아이는 담임 선생님께 특별 대우받았다며 좋아한다. 혼자 원장실에 숨어서 옥수수 전분물을 먹어서 딱하다는 생각 또한 나의 오해였다. 아이는 잔뜩 신이 나서 원장실의 구조를 내게 설명해 준다.

곧 다가올 그날 역시, 나는 섣부른 걱정보다 아이를 믿는 쪽을 선택하기로 했다. 언제나 그랬듯, 아이는 내가 미처 상상하지 못한 자신만의 방식으로 상황을 받아들이고, 마음속 어지러운 감정들을 정리하며, 서툴지만 꾸준히 앞으로 나아갈 것이라 믿는다. 어쩌면 지금보다 훨씬 더 단단한 모습으로 나를 놀라게 할지도 모른다. 그동안 지켜본 바로는, 이 아이는 자신만의 속도로 아주 성실하게 삶을 배워나가는 중이니까. 나는 그걸 믿고 싶다. 아니, 믿어야 한다. 그것이 부모로서 내가 할 수 있는 최선이자, 어쩌면 유일한 일일지도 모르기 때문이다.

그리고 나는 단 하나의 소망을 품는다. 언젠가 아이가 성장하여 지난날을 돌아볼 때, "당원병 때문에 이건 못 해봤어요."라는 말 대신, "당원병을 앓지만 내가 하고 싶은 건 다 경험해보며 살았어요."라고 말할 수 있는 사람으로 자라주기를 바란다. 건강의 제약이 곧 삶의 한계를 뜻하지 않는다는 것을, 어려움 속에서도 충분히 꿈꿀 수 있고, 시도할 수 있고, 때로는 실패하면서도 웃을 수 있다는 것을 온몸으로 체득한 아이가 되기를 바란다.

✳

무엇보다, 병을 중심에 두고 사는 것이 아니라, 병을 안고도 나다운 삶을 살아가는 길을 스스로 선택할 수 있기를 바란다. 그 길은 결코 혼자의 힘만으로는 어렵다. 그래서 우리는 대화할 것이다. 아이가 자라고, 생각이 깊어지고, 세상에 대한 시선이 넓어질 때마다 그때의 언어로 함께 이야기 나눌 것이다.

'엄마는 이렇게 생각했는데, 너는 어땠니?'

'그때는 이런 선택이 최선이라고 믿었어. 그런데 지금은 좀 다르게 생각해.'

그렇게 조심스럽고도 정직한 말들로 서로의 마음에 다가가는 가족이 되고 싶다. 완벽할 수는 없겠지만, 계속해서 물어보고, 들어주고, 다시 마주 보며 우리 가족만의 정답을 함께 찾아가는 여정을 만들고 싶다. 당원병이 우리 삶의 중심이 아닌, 그저 많은 이야기 중 하나로 자리하게 되는 그날까지. 그렇게 함께 살아가고 싶다. 서로를 믿으며, 조금씩 자라가며.

광활한 우주에서
반짝이는 별

아이들의 희귀 질환 진단 초기에는 나 자신조차 그 사실을 받아들이지 못했다. 내가 겪고 있는 일이 현실이라는 것이, 앞으로 살아가야 할 일상의 모든 장면이 바뀔 수밖에 없다는 것이 쉽게 믿기지 않았다. 그래서 다른 사람들에게 우리 가정의 이야기를 털어놓을 생각은 꿈에도 하지 못했다. '이걸 어떻게 설명해야 하지? 이 말을 꺼내는 순간, 우리는 누군가의 동정 어린 시선을 마주하게 되겠지.'라는 생각에 자꾸만 입을 다물게 되었다.

시간이 조금 지나고 어느 정도 진단을 받아들이게 되

었을 즈음엔 또 다른 방식의 회피가 시작됐다. 세상과 거리를 두고 조용히 우리만의 세계 안에 머무르고 싶어졌다. 남들과 다른 특성을 가졌다는 이유로 스스로 주눅 들고 싶지 않았고 나와 내 아이를 보호하고 싶은 본능 같은 것이 앞섰다. 그래서 아예 같은 처지의 가정들끼리 어울리며 지내면 마음이 덜 불편하지 않을까 하는 생각을 품게 됐다. 심지어 중부 지방 어딘가에 당원병 전문학교가 생겼으면 좋겠다는 상상도 자주 했다. 전문 의료진과 영양사가 상주하면서 우리 아이들을 위한 맞춤형 식단과 혈당 관리, 영양 수업, 체육수업까지 이루어지는 곳. 사회의 날 선 시선이나 무지로 인한 상처로부터 아이들을 지킬 수 있는 안전한 울타리를 상상했다. 그게 세상으로부터 우리를 지키는 가장 현명한 방법인 줄로만 알았다.

그런데 시간이 조금 더 흐르니 그 생각이 정말 최선인지에 대해 의문이 생기기 시작했다. 우리보다 먼저 비슷한 길을 걸어온 가정들의 이야기를 들으면서 피한다고 모든 것이 해결되지는 않는다는 것을 알게 되었다. 결국 우리가 살아가는 이 세상은 타인과 연결되어 있고 그 안에서 함께 부딪히며 어우러져야 한다는 너무나도 당연한 사실이 내 마음속에도 조금씩 자리를 잡았다. 아이들을 보호하는 가장 근본적인 방법은 병을 숨기는 것이 아니라 오히려 세상에 드러내고 알리는 것이라는 걸 비로소 깨달았다.

그래서 큰 결심을 했다. 진단받고 약 2년 반이 지나서야 조심스럽게 주변 사람들에게 그간의 시간, 우리가 겪어야 했던 상황들, 아이들의 병과 일상의 변화까지 우리의 이야기를 전하기 시작했다. 그렇게 마음을 열고 나니 생각지도 못한 변화들이 찾아왔다.

가장 먼저 달라진 건 일상 속의 사소한 것들이었다. 그다지 좋을 것 없는 아침에 '굿모닝'이라는 인사 대신 "어젯밤엔 좀 잤어?"라고 묻는 따뜻한 말, "낮에 힘들면 마셔."라며 조용히 보내주는 커피 쿠폰 하나, "오늘 날씨 좋다, 같이 바람 쐬자."라며 나를 집 밖으로 꺼내주는 연락, 오랫동안 연락 없던 지인에게서 온 "오늘 밤 너를 위해 기도할게."라는 짧은 문자, 아이에게 도움이 되었으면 좋겠다며 보내주는 저당 간식 정보, 응원과 배려를 담은 작은 링크 하나, '그냥 너를 생각했어.'라는 한 줄짜리 메시지. 아주 작은 말 한마디와 마음이 담긴 행동 하나가 그날의 나를 버티게 했다. 실제로 만날 수는 없었지만, 그 진심이 마음 깊숙이 와닿았다. 그들은 '뭔가를 해주겠다.'라는 부담스러운 도움보다, '너를 이해하고 기억하고 있다.'라는 다정한 동행의 마음을 건넸다. 그 진심이 꾹꾹 눌러 담긴 손길들이 모여, 나를 조금씩 다시 일으켜 세웠다.

그래서 삶을 버티는 힘은 거창한 순간에서 오는 것이 아니라 이렇게 일상의 아주 작고 평범한 것들에서 온다는 것을, 무너지는 날에도 지탱해 주는 건 결국 사람이라는 것을, 그리고 그 사람들과 나를 연결해 주는 건 나의 용기이자 고백이라는 것을 알게 되었다.

이제 나는 더는 숨지 않는다. 아직도 가끔은 주춤하고 마음이 얼어붙을 때도 있지만 세상과 연결되기를 멈추지 않기로 했다. 그게 내 아이를 위한 길이고 나 자신을 위한 길이라는 걸 이제는 알기 때문이다.

　그렇게 마음을 먹으니 언제부턴가 매일 새벽, 어두운 방 안에서 잠든 아이들 얼굴을 내려다볼 때면 '이곳은 광활한 우주이고 우리는 반짝이는 네 개의 별'이라는 생각이 들기 시작했다. 지금처럼 계속해서 반짝이면서 우리의 빛으로 아직 어둠 속에 있는 다른 이들도 비춰주고 싶다. 컴컴한 방 안에서 홀로 방황하고 있는 이가 있노라면 우리의 빛을 흔들어서 우리 여기 있다고 알려주고 싶다.

　그래서 이제 같은 길을 걷고 있는 누군가에게 이 길 위에 당신도 나도 혼자가 아니라는 것을, 누군가는 이미 앞서 걸었고 누군가는 곧 뒤따라올 것이라는 사실을 말하려 한다. 그 연결이 희망이 되고, 그 희망이 조금씩 세상을 바꾸는 물결이 될 수 있기를 믿는다. 그래서 나는 계속해서 이 이야기를 써나갈 것이다. 말하고, 나누고, 흔들려도 다시 말할 것이다. 숨지 않기로 했으니까. 그것이 우리가 함께 살아가는 방식이라 믿으니까. 솔직하게 이야기하다 보니 온통 흑백으로 보이던 세상이 하나둘씩 색채로 보이기 시작했다.

물론 말처럼 쉽지만은 않다. 한순간에 변하지 못할 거란 것도 안다. 아무리 환우 가족이 질병을 받아들인다고 해도 아무렇지 않을 수는 없다. 늘 엉망진창이 된 마음이 숨어있다. 그 마음이 커졌다 작아졌다 할 뿐이다. 그 마음이 걷잡을 수 없이 커지면 어쩌지 못할 때도 있다.

또한 여전히 낯선 시선을 받을 때도 있다. 예상치 못한 말에 마음이 베이는 날도 있다. 하지만 그럴 때마다 나는 내 안에 쌓인 단단한 경험을 떠올린다. 고요한 싸움의 시간, 매일같이 무너지고 다시 일어났던 순간들, 그리고 그런 나를 붙잡아 준 작고 따뜻한 손길들. 그 모든 것이 나에게는 다시는 돌아갈 수 없는 이유가 되었고, 끝내 앞으로 나아가야만 하는 힘이 되어주었다. 숨는다고 사라지는 게 아니고, 감춘다고 덜 아픈 것도 아니다.

두 아이 모두 희귀 질환을 진단받고선 내 인생은 망가졌고 모든 희망을 잃었다고 생각했다. 하지만 돌이켜보니 그런 와중에서도 나는 매일 아이의 간병 시간표를 붙들고 있었다. 시간을 맞춰 아이를 돌보는 일은 내가 정신을 붙들 수 있게 해 주었다. 아이 때문에 힘들다고 생각했지만, 결국 아이 덕분에 버텨내고 살아가는 현실이었다. 내 삶을 잃었다고 생각했지만 바로 그 모습이 내 삶이었다. 나는 그런 엄마였다. 그런 사람이었다. 감추려고 해도 감출 수 없는 나의 운명이었다. 이제는 이 사실을 인정한다.

이렇게 마음을 먹으니 내 힘으로 절대 바꿀 수 없는 '희귀 질환 환우 가정'이라는 찜찜한 타이틀에 연연하지 않게 됐다. 이제는 내 모습이 슬프지만은 않다. 지난 좌절의 시간 또한 부정하지 않는다. 오히려 힘들었던 시간은 역경을 이겨내는 데 꼭 필요한 시간이었다. 그 시간을 통해 충분히 슬펐고, 아팠고, 울었다. 다 울고 나니 마음이 조금 시원해졌다. 그래서 주저앉은 다리에 조금씩 힘을 줄 수 있게 됐다. 이제는 내 운명을 인정하고 내 삶 그대로를 사랑한다. 아이들의 해맑은 미소와 반짝이는 생애를 지켜주고 싶다. 아이를 지키는 것, 그건 우리 가족을 지키는 것, 사실은 그 모든 것이 나를 지키는 일이었음을 이제는 안다. 또한 두 아이를 간병하며 나의 삶을 잃었다고 생각했는데 결코 아니었다. 그 모습 그대로가 나였다. 행복은

손에 닿을 수 없는 것으로 생각했는데 이미 행복은 내 안
에 있었다. 내가 이제야 발견했을 뿐이다.

　또다시 넘어지는 날들이 있겠지만 이제는 넘어지더라
도 다시 일어서기까지의 시간이 짧아질 것 같다. 지난날처
럼 '뚝' 부러지는 나무가 아닌, 거센 바람에 이리저리 흔
들리면서 제 자리를 지키는 뿌리 깊은 잡초 같은 날을 살
아갈 것이다. 제주에서 매일 바라봤던 바다의 물결처럼,
위로 올랐다가 아래로 내려갔다가 이내 다시 위로 올라가
는 파도처럼, 힘들어도 다시 위로 솟을 수 있다는 확신하
고 살아갈 것이다.

저희 가정은 여전히 이 길을 걷고 있습니다. 그래도 예전만큼 아슬아슬하지는 않습니다. 그사이에 감사한 손길을 많이 받았기 때문입니다.

첫째 아이가 희귀 질환을 진단받았을 때, 저는 깊은 자기연민 속에 머물러 있었습니다. 저희 가정의 이야기를 지인들에게 알리고 싶지도 않았고, 환우회에 가입할 생각도 들지 않았습니다. 그런 선택이 곧 내 아이의 질환을 인정하는 일처럼 느껴졌기 때문입니다. 마음 한편에 현실을 받아들이고 싶지 않은 감정이 고여 있었나봅니다. 그래서 모든 걸 감추고 혼자서 해내려 했습니다. 어떻게든 아이를 지켜내겠다는 다짐만으로 버텼습니다.

그러다 둘째 아이까지 같은 진단을 받고 나서야 정신이 번쩍 들었습니다. 부모로서 가만히 있어서는 안 되겠다는 생각이었고, 비록 작고 조심스러운 목소리일지라도 세상에 내야겠다는 결심이 생겼습니다. 변화를 바란다면, 저와 비슷한 시간을 살아가는 이들과의 연결이 선택이 아니라 필수라는 것도 깨달았습니다. 그렇게 조심스레 환우회의 문을 두드렸습니다.

처음엔 망설임이 컸지만, 막상 그곳에 들어서자 따뜻함이 저를 맞아주었습니다. 이미 같은 길을 지나온 선배 부모들이 자신들의 경험을 아낌없이 나눠주셨습니다. 학기 초, 선생님께 드리는 안내 편지부터, 당원병 식단과 허용되는 당류·피해야 할 당류, 병원에서 조심해야 할 의약품 정보, 시중 간식 중 아이들이 안전하게 먹을 수 있는 제품까지. 소중하고 구체적인 정보들이 손에서 손으로 전해지는 곳이었습니다.

하지만 그곳에서 나눈 건 단순한 정보만이 아니었습니다. 같은 길 위에 선 부모들이 서로의 마음을 나누고, 긴 밤을 함께 견디며 진심을 다해 이야기를 들어주는 따뜻한 공동체가 되어주었습니다. 주말이면 아이들을 데리고 함께 시간을 보내기도 했습니다. 친구들 사이에서 혼자 옥수수 전분물을 마시며 움츠러들던 아이들은, 자신과 같은 친구가 있다는 사실에 위로를 받고, 자연스럽게 자존감을 회복해 나갔습니다.

직접 만나지 못할 때는 핸드폰 단체 채팅방에서 서로의 고민과 일상을 나눴습니다. 그 안에서 저는 여전히 이불 속에서 조용히 눈물을 흘리는 엄마였지만, 조금씩 그 눈물을 닦고 세상 밖으로 나올 준비를 하게 되었습니다. 환우회에서의 교류는 아이들만을 위한 것이 아니었습니다. 그보다 부모를 위한, 그리고 '나 자신'을 위한 시간이기도 했습니다. 정신적, 심리적 지지의 힘이 얼마나 큰지 체감하게 되었고, 나만의 고민이라 여겼던 수많은 일들이 선배 엄마들이 이미 지나온 길임을 알게 되었습니다. 동시에, 이제 막 진단받은 가족들도 같은 길 위에서 같은 고민을 시작하고 있다는 사실도 알게 되었습니다.

　우리는 서로 연결되어 있었습니다. 지혜를 나누고, 방향을 함께 바라보며, 때로는 조용히 서로의 어깨를 토닥여 주는 존재들. 우리는 연결될수록 더 단단해졌고, 더 건강해질 수 있었습니다. 개인이 마주한 위기에 함께 대응하는 공동체, 타인의 아픔에 깊이 공감할 수 있는 공동체. 그런 공동체의 힘은 생각보다 크고, 우리 삶에 꼭 필요한 버팀목이 되어주고 있었습니다.

　국내에서 당원병을 체계적으로 연구하고, 환자들을 전문적으로 진료하는 의사는 단 한 명뿐입니다. 희귀 질환이라는 이름 아래, 오랜 시간 관심조차 받지 못했던 병이기에 더욱 그렇습니다. 현재 국내 대부분의 당원병 환아와 그 가족들은 바로 이 한 사람에게 의지하고 있습니다. 누구에게 물어야 할지 몰라 불안에 떨던 수많은 밤, 그의 존재는 말 그대로 등불과도 같았습니다. 무엇보다 감사한 점은, 이분이 단순히 진료실에서만 만나는 의사가 아니라는 것입니다. 그는 자발적으로 온라인 채팅 상담 채널을

개설하여, 환아 가족들이 실시간으로 궁금한 점을 물어볼 수 있도록 창구를 열어주었습니다. 병원 문이 닫힌 시간에도, 정규 진료 시간이 아니어도, 누군가의 도움이 절실한 순간엔 늘 그 자리에 있어 주었습니다. 놀라운 건 그가 답을 해준다는 단순한 사실이 아니라, 정말 24시간 언제든지 응답한다는 점입니다. 당원병은 밤과 새벽 시간의 저혈당이 특히 위험한 질환입니다. 그 시간대에 혈당이 떨어지면 의식 저하, 발작, 심하면 혼수상태에 이를 수 있습니다. 그래서 보호자들은 아이가 잠든 시간조차 긴장을 놓지 못합니다. 갑작스럽게 아이의 손발이 차가워지고, 말이 어눌해지고, 눈을 제대로 못 맞추는 증상이 나타나는 순간, 모든 감정이 공포로 직결됩니다. 그럴 때 누군가, 그것도 가장 믿을 수 있는 전문가가 언제든 응답해준다는 사실은 단순한 정보 이상의 의미가 있습니다. 그건 보호자에게 주는 안정감이자 생명의 안전장치입니다. 그는 "응급일 수 있으니, 시간 가리지 말고 언제든 연락하세요."라고 말합니다. 말을 그냥 던진 게 아니라, 수년째 직접 실천하고 있습니다. 환자와 보호자의 불안을 가장 가까이에서 껴안고, 그들의 긴박한 상황에 무게를 함께 나누는 사람.

이런 의사가 지금 우리 곁에 존재한다는 사실이 놀랍고도 감사합니다.

　의료 시스템이 여전히 부족하고, 희귀 질환에 대한 사회적 관심도 미미한 현실 속에서 한 명의 의사가 보여주는 헌신과 책임감은 많은 가족에게 깊은 울림을 줍니다. 의학은 단지 병을 치료하는 학문이 아니라, 사람을 살리는 마음에서 시작된다는 걸 이분을 통해 뼛속 깊이 체감합니다. 때로는 절망감에 잠 못 이루는 밤도, 눈앞이 캄캄한 날도 있었지만 그럴 때마다 우리는 이 의사의 존재를 떠올리며 다시 마음을 다잡곤 했습니다. 지금, 이 순간에도 누군가는 이 사람 덕분에 밤을 견디고, 생명을 지키고, 마음을 추스르고 있을 것입니다. 세상에 이런 사람이 존재한다는 것만으로도 이 길을 함께 가는 우리에게는 큰 위로입니다. 그리고 그런 존재를 만났다는 사실만으로도 이 여정이 절대 외롭지 않다는 걸 알게 됐습니다.

　어린이집 선생님들의 손길에도 진심으로 감사한 마음을 전하고 싶습니다. 우리 아이는 두 시간마다 소량씩 자주 식사를 챙겨야 하는 특별한 식이 조절이 필요한 아이이다 보니, 아무래도 다른 아이들보다 훨씬 더 많은 손이 가기 마련입니다. 아이의 식이 시간을 놓쳐서는 안 되기에 부모조차도 항상 긴장을 늦추지 못하는데, 하루에도 여러 차례 수업과 활동을 돌보아야 하는 선생님들은 오죽하시겠습니까. 단체 생활이라는 특성상, 수업 흐름에 예기치 않게 방해가 되는 순간도 분명 있을 것이고, 다른 아이들의 요구와 갈등이 생기는 때도 있을 것입니다. 그런데도 선생님들은 단 한 번도 피로한 기색을 내비친 적이 없습니다. 매일 아침 아이를 등원시킬 때마다 저는 속으로 조용히 기도하듯 아이를 맡깁니다.

'오늘도 무사히, 잘 부탁드립니다.'

그런 제 마음을 알아주시기라도 하듯, 선생님들은 아이가 먹을 수 있는 간식의 종류를 꼼꼼히 확인해 주시고, 새로운 음식이 나올 때마다 부모에게 먼저 물어봐 주십니다. 또 아이가 식사를 얼마나 먹었는지, 오늘은 유난히 적게 먹었는지, 혹은 특별히 기운이 없어 보였는지 등, 작은 변화까지도 빠짐없이 공유해주십니다. 그 세심함은 단순한 직무 그 이상입니다. 그런 선생님들의 태도 속에서 저는 마음을 조금씩 놓을 수 있게 되었습니다. 아이를 집에서만 돌볼 수 없는 상황에서, 누군가에게 아이를 맡긴다는 건 사실 엄청난 신뢰가 필요한 일입니다. 하지만 저는 이 어린이집에서, 선생님들 한 분 한 분의 진심 어린 시선에서, 그 신뢰를 충분히 느낄 수 있었습니다. 선생님들은 아이의 하루를 책임지는 교사인 동시에, 우리 아이 인생의 소중한 동행자라는 생각이 들었습니다.

이 경험을 통해 저는 아이는 부모 두 명이 키우는 존재가 아니라는 걸 다시금 깨달았습니다. 교사, 의사, 친구, 이웃. 아이가 만나는 모든 관계 안에서 아이는 조금씩 자라고, 또 많은 도움을 받아 가며 세상 속에서 자신의 자리를 만들어갑니다. 그들은 단지 '가르치는 사람, 진료하는 사람'이 아닌, 아이가 세상과 처음 만나는 곳에서 그를 이해해주고 돌봐주는 '제2의 부모'입니다. 부모가 하지 못하는 부분을 채워주고, 부모보다 더 가까이에서 아이의 작은 행동 하나도 눈여겨봐 주는 사람. 그런 분들과 함께 아이를 키우고 있다는 사실은, 저에게 큰 위안이며, 앞으로 우리 아이가 세상을 살아갈 수 있는 가장 든든한 기반이 되어줍니다. 이 감사함은 쉽게 말로 다 표현할 수 없지만, 늘 마음 깊이 새기고 있습니다. 그리고 언젠가 아이가 자라 지금의 기억을 잊는다 해도, 저는 꼭 전해줄 것입니다. 네가 어릴 적, 너를 위해 그렇게 애써준 사람들이 있었고, 그 덕분에 우리는 잘 버틸 수 있었다고. 그 고마움이 너의 삶을 지탱하는 또 하나의 뿌리가 되어줄 거라고.

　　감사하게도, 이 길을 먼저 걸어온 다른 환아 부모님들의 오랜 노력 덕분에 2023년, '한국 당원병 환우회'가 정식으로 출범하게 되었습니다. 규모는 작지만, 공식적인 조직이 되자 국가의 관심도 조금씩 닿기 시작했습니다. 그 결실로 2024년부터는 '희귀질환자 의료비 지원사업' 중 '특수식 지원' 항목에 당원병 환자들의 주요 식사인 옥수수 전분이 포함되어, 구매 비용의 일부를 지원받을 수 있게 되었습니다. 그리고 마침내, 2025년 9월부터는 일반 옥수수 전분보다 더 정교하게 제조된 특수 옥수수 전분까지 지원 품목에 포함되었습니다. 각 가정의 실제 지출에 비하면 부족한 금액이지만, 직접 혜택을 받아보니 그것은 단순한 숫자의 문제가 아니었습니다. 가장 큰 위로는 '국가가 이 질환을 알고 있다.'라는 사실, 그리고 '우리를 향해 작은 손길을 내밀기 시작했다.'라는 점이었습니다.

건강한 음식에 관한 관심이 높아진 사회 분위기 덕분에, 요즘에는 저당 식품이 빠른 속도로 다양화되고 있습니다. 예전에는 당이 제한된 식단을 유지해야 한다고 하면 떠오르는 음식이 한정적이었고, 맛이나 질감 면에서도 만족하기 어려운 경우가 많았습니다. 하지만 이제는 저당이라는 키워드 하나만으로도 소비자들의 선택을 끌어당길 만큼 관심이 커졌고, 그에 따라 사탕, 젤리, 과자, 음료, 빵 같은 아이들이 좋아하는 간식들도 점점 더 맛있고 예쁜 모습으로 재탄생하고 있습니다. 이런 변화를 지켜보며 저는 희망을 품습니다. 머지않아, 다른 아이들이 생일파티에서 알록달록한 케이크와 음료를 나눌 때, 우리 아이도 그 자리에서 눈치 보지 않고, 식단을 따로 챙기지 않아도, 비슷한 모양과 맛의 간식을 함께 나눌 수 있는 날이 올 거라고.

우리 아이가 '왜 나만 안 돼?'라는 말을 하지 않아도 되는 세상, '나는 이거 먹으면 안 돼.'라는 좌절을 배우지 않아도 되는 세상. 그런 날이 정말 가까이 오고 있다는 생각에 마음 한편이 따뜻해집니다. 사실 지금까지는 아이가 음식을 고를 때마다 저는 늘 긴장해야 했습니다. 성분표를 꼼꼼히 확인하고, 그 자리에 적절한 대체 음식을 준비해 두고, 혹시 모를 응급 상황에 대비해 혈당측정기와 간식 등 여러 가지를 챙겨야 했습니다. 그 모든 준비가 '조심'이라는 이름 아래, 아이의 일상을 어디엔가 가두고 있었습니다. 하지만 이제는 조금씩 변해가는 세상이 그 조심을 덜어주고 있습니다. 사회 전체가 건강한 먹거리에 더 많은 관심을 두고, 선택의 폭이 넓어지고 있다는 사실은 우리 아이 같은 특별한 조건을 가진 아이들에게는 그저 '건강' 이상의 의미입니다. 그것은 곧 소속감이자 자유이고, 제약 없는 경험이라는 의미이기 때문입니다. 앞으로도 더 많은 기업이, 더 많은 사람이 이러한 흐름에 관심을 가지고 참여해 주기를 기대합니다. 건강한 먹거리가 모두를 위한 기본값이 되어, 아이의 당 조절을 위한 식단이 특별한 일이 아닌 평범한 일상이 되기를 바랍니다.

어느 순간부터 주어진 삶을 다독이며 다정하게 바라보기 시작했더니, 세상도 조금씩 다정한 응답을 주기 시작합니다. 우리가 직접 우리의 이야기를 전하지 않으면 아무도 알지 못하지만, 꾸준히 목소리를 내면 누군가는 반드시 귀를 기울여준다는 것을 알게 됐습니다. 또한 막막하게만 느껴졌던 일들도 혼자 끙끙 앓지 않고 함께 고민한다면, 비록 더디더라도 차근차근 변화할 수 있다는 것을 경험했습니다. 그렇게 우리는 꾸준히 앞으로 나아가는 중입니다. 작은 변화들이 모여 언젠가는 우리 아이의 세상도 달라질 거라는 희망을 품고.

간호사로 사라지다 당원병 환아 엄마로 살아지다

1판 1쇄 인쇄 2026년 2월 6일
1판 1쇄 발행 2026년 2월 13일

지은이 이윤지
펴낸이 김민섭
편집자 이유나
펴낸곳 도서출판 정미소

출판등록 2018.11.6. 제2018-000297호
주소 서울특별시 마포구 성산동 218번지 402호
이메일 xmasnight@daum.net

ISBN 979-11-997078-0-1 03810